DØDEN KØRER AUDI

KRISTIAN BANG FOSS

DØDEN KØRER AUDI
by Kristian Bang Foss

The Korean language edition is published by arrangement with
Gyldendal Group Agency, Copenhagen through MOMO Agency.

이 도서의 국립중앙도서관 출판예정도서목록(CIP)은
서지정보유통지원시스템 홈페이지(http://seoji.nl.go.kr)와
국가자료종합목록 구축시스템(http://kolis-net.nl.go.kr)에서 이용하실 수 있습니다.
(CIP제어번호: CIP2020040872)

죽음은 아우디를 타고 온다

크리스티안 방 포스 장편소설
KRISTIAN BANG FOSS

전은경 옮김

DØDEN KØRER AUDI

문학동네

일러두기

1. 주석은 모두 옮긴이주다.
2. 본문 중 고딕체는 원서에서 이탤릭체로 표시된 부분이다.

처음에는 모든 것이 순조로웠다. 나는 사라와 아말리와 함께 코펜하겐에 살았다. 매일 저녁 아말리가 잠자리에 들면 우리 둘은 텔레비전 앞에 앉았고, 사라는 내가 소파에서 몸을 일으킬 때마다 어디 가느냐고 물었다. 심지어 밤에 화장실에 가려는데도 어디 가느냐고 물었다. 화장실 간다고, 아말리 살펴보러 간다고, 커피 끓이러 간다고, 산책 간다고, 그때그때 내 대답은 달랐다.

나는 산책을 자주 했다. 무작정 좀 나가야 했고, 덕분에 체중을 유지했다. 사람들이 이상한 눈으로 빤히 바라봐서, 꼭 거리의 악사나 떠돌이, 부랑자가 된 기분에 좀 자제하기 전까지는 그랬다. 그런데 한 달도 채 지나지 않아 샤워할 때 거웃을 내려다볼 수 없을 만큼 살이 쪘고, 그래서 다시 자주 쏘다니기 시작했다.

"진짜 엄청 쏘다니네." 사라가 말했다. 나가려는 내 욕구는 사라의 신경을 건드렸다. 그랬다, 우리는 서로 신경을 긁었다. 이유가 있을 때뿐만 아니었다—아말리가 겨우 네 살이고 집을 막 사들인 그때는 이미 언제나 서로 신경을 긁어대고 있었다.

아말리는 내 친자식이 아니었다. 아이의 이른바 생물학적 아버지는 정신병을 얻은 이후 다시는 원래 상태로 돌아오지 못했다. 지금은 자기가 하레 크리슈나 교도인 줄 안다. 언젠가 코펜하겐 중심 쇼핑가에서 다른 교도들과 함께 오렌지색 옷을 입고 탬버린을 흔들며 춤추는 그를 본 적 있다. 그가 작은 쿠키 한 조각을 건넸지만, 나는 별로 먹고 싶지 않았다. 사라에게는 그 이야기를 하지 않았는데 이유는 나도 모르겠다. 무슨 나쁜 일도 아니었지만—우연히 그를 보았고 쿠키를 받았다는 게 내 입장에서 할 수 있는 이야기다—그러고 보면 그에 대해 더 자세한 얘기를 나눈 적도 지금껏 없었다. 유전되는 게 아니면 좋겠는데, 이따금 그런 생각은 들었다. 아니 내가 아말리의 친아버지라면 더 좋을 텐데. 하지만 그런 생각을 해선 안 된다. 그러면 아말리는 아말리가 아닐 테니까. 무슨 뜻인지 이해하는가? 나는 정확히 그렇게, 내가 친아버지라고 생각했고 그 문제로 더는 골머리를 앓지 않았다. 결국 아말리가 아빠라고 부르는 건 나였다.

어느 날씨 좋은 날, 나는 점심시간에 야외에서 로스트비프 샌

드위치를 먹고 열두시 반에 광고회사로 돌아왔다. 그날 오후 고객 프레젠테이션에서 쓸 홍보물을 두어 시간 만에 만들어내야 했다. 무슨 이유에선지 나를 아주 싫어하는 동료 호콘은 프레젠테이션에 대해 내가 아이디어가 전혀 없다는 걸 알고 있었다. 그는 고소하다는 듯 히죽대는 얼굴로 주변을 맴돌면서 방해하려고 애썼다.

"프레젠테이션 준비는 어떻게 돼가?"

"아주 좋아, 호콘."

"잘됐네! 자네 아이디어가 정말 궁금하거든."

"물론 그럴 테지."

호콘은 자기 책상 앞에 앉아 볼펜을 딸깍거렸다. 딸깍딸깍, 딸깍딸깍, 딸깍딸깍. 그건 그렇고, 사실 나는 그가 날 왜 싫어하는지 아주 잘 안다—몇 년 전 크리스마스파티 때 호콘이 술에 취해 나에게 뭔가 은밀한 이야기를 들려주었다. 정확히 무슨 이야기였는지는 잊었고, 얼굴이 거의 맞닿을 정도로 바짝 붙어서 말할 때 사무실에서만 쓰는 안경 너머 젖어 있던 그의 작은 눈만 기억난다. 그의 약점을 알고 있다는 사실은 나를 미워할 이유로 충분했다. 유감스럽게도 그랬다. 딸깍딸깍, 딸깍딸깍, 딸깍딸깍. 이 딸깍거림은 전체 분위기를 느긋하게 조성하는 데 그가 기여하는 부분이었다.

"호콘, 딸깍거리는 것 좀 그만해줄래?"

"방해돼?"

"그래."

"미안. 난 이러면 늘 좋은 아이디어가 떠올라서."

딸깍거림이 멈추었다. 그래도 몰라서 나는 아이팟 헤드폰을 쓰고 브루스 스프링스틴의 〈네브래스카〉를 틀었다. 그때 전화가 울렸다. 사라였다. 오늘 한시에 아말리를 데리러 유치원으로 가야 하는 거 기억하느냐고 했다. 연말결산 보고를 두고 언론의 비난이 공공연해진 후 해당 교사들의 위기극복 심리상담이 예정되어 있어 유치원 하원이 이른 날이었다. 심각한 스캔들이었다—개인적으로 내게 이런 불편을 초래하지만 않았다면 나도 즐겼을 것이다.

"당연히 알지." 나는 큰소리쳤다. "벌써 가고 있어." 이제 유치원으로 가는 길에 뭐라도 떠오르기를, 그리고 아말리를 몇 시간 정도 사무실에 데리고 있을 수 있기를 바라는 수밖에 없었다.

차에 뛰어오른 나는 한시 오분 유치원에 도착했다. 교사 한 명이 등받이 없는 의자에 앉아 울고 있었고, 그녀를 위로하며 어깨를 쓰다듬어주던 다른 교사가 책망의 눈길로 나를 쏘아보았다. 아말리는 한구석에서 팔 하나가 없는 한스 벨머 인형을 서로 갖겠다고 여자아이 한 명과 치고받는 중이었다.

여자아이가 드디어 아말리의 손에서 인형을 빼앗았다. 인형은 히틀러식 인사를 하듯이 팔을 올리고 있었다. 아이는 인형 머리를 깨물며 승리를 자축했다. 나는 아말리를 안아올려 입을 맞추고 아이 소지품을 주섬주섬 챙긴 다음, 교사들에게 인사하고 바로 차에 올랐다.

회사에 돌아와서는 종이묶음과 색연필 몇 개를 꺼내고 아말리를 내 옆에 앉혔다. 그러고는 아빠가 멋진 광고 그림 몇 장을 그려야 하는데 네가 도와줄 수 있을까 물었다. 호콘은 어디로 갔는지 보이지 않았다.

홍보물은 사실 어린애 장난이었다. 말만 번드레한 웬 문화계 인사가 도살장 구역에 이종문화 미술전을 개최한다며 시에서 큰 돈을 받아냈다. 나는 홍보 포스터만 넘기면 되는데도, 이 위선적인 자선행사에 대한 거부감을 도저히 극복할 수 없어서 아이디어가 조금도 떠오르지 않았다. 이 문화계 인사를 만난 건 딱 한 번인데, 내 시선을 자꾸 피하며 불안하게 움직이는 눈동자 때문에 등골이 오싹할 지경이었다.

그사이 아말리는 완성된 그림들을 책상에 펼쳐놓고 다시 한 장 그리는 중이었다. 오른편 위쪽 구석의 해가 빛을 더 많이 머금었다.

미술전의 모토는 '온갖 이성에 저항해서'였다. 진부한 아이디어 하나가 떠올랐다. '스파게티 먹기'를 검색해 면을 빨아들이고 있는 어느 뚱뚱한 기업가의 사진을 찾아냈다—완벽해! 검색을 계속해서 입을 뾰족하게 내민 시크교도를 찾아 사진 두 장—해상도가 그럭저럭 괜찮았다—을 내려받은 다음, 작업에 착수했다. 완성된 결과물은 백인 기업가와 터번을 쓴 인도인이 『레이디와 트램프』의 한 장면처럼 스파게티 면 양쪽 끝을 빨아당기고 있는 사진이었다. 물론 포토에이전시의 사진이었다면 더 좋았겠지만 모든 일에는 한계가 있는 법이니까. 그 문화계 인사가 좋다고 달려들길 바랄 뿐이었다. 사진 저작권 문제는 건너뛰어버렸다. 사진 두 장의 출처는 미국과 이탈리아 홈페이지여서, 내가 저지른 불법 다운로드가 발각될 가능성은 극히 낮았다.

티셔츠에 '온갖 이성에 저항해서—예술은 조국이 없다'라는 글귀를 프린트해 시내 노숙자들에게 나눠줘야겠다는 아이디어도 떠올랐다. 이른바 '창작자들'에게 노숙자는 그야말로 최신유행이었다. 노숙자처럼 보이는 것, 아는 노숙자가 있거나 노숙자와 연결되는 것이 힙한 일이었다.

말만 번드레한 문화계 인사는 군소리 없이 내 아이디어를 받아들였다. 홍보물의 도발적인 관점에 혹해서 무능한 사람의 작업임을 알아채지 못한 것이다. 호콘은 화가 나서 서슬이 시퍼레졌다. 내 부탁으로 프레젠테이션 동안 아말리를 봐주었던 그는 계약이 완벽하게 이루어졌다는 말에 억지미소를 짓느라 오만상을 찌푸렸고, 그 바람에 아말리의 울음보가 터지고 말았다.

나머지 시간은 휴가를 내고 아말리와 함께 집으로 갔고 저녁식사를 준비해놓고 사라를 놀래주었다. 아말리가 잠자리에 들자 나는 더없이 행복한 기분으로 레드와인 한 잔을 들고 텔레비전 앞에 앉았다. 드물게 찾아오는 흡족한 저녁이었다.

한 달이 지나 재앙이 닥쳤다. 사진 속 뚱뚱한 기업가가 기업가가 아니라 이탈리아 파시스트들의 우두머리로 밝혀진 것이다. 이 모든 빌어먹을 일은 어느 기자가 그를 알아보는 바람에 시작되었다. 덴마크-인도 우정단체 대표가 소송을 제기해 누구에게 해야 할지도 모를 공식 사과를 요구했다. 문화계 인사는 자신이 주관한 품위 있고 유익한 행사가 포스터 때문에 신뢰를 잃었다며 사방에 대고 목소리를 높였다. 나는 어째서 예술이 항상 품위 있어야 하는지 그에게 묻고 돈 한푼 들이지 않고 광고를 했으니 기뻐하라고 덧붙였지만 도통 먹히지 않았다. 설상가상으로 파시스트 우두머리가 이 위쪽에서 벌어진, 사실 딱히 중요하지도 않은 사건의 소문을 어떻게 듣고는 사진 저작권을 소유한 작가와 손잡고 내 고용주를 고소하기에 이르렀다.

2008년 중반, 금융위기 중 벌어진 일이었다. 업계의 모든 일자리가 가느다란 실에 매달린 듯 위태로웠고, 우리 사장에게 이 사건은 직원을 한 명 더 해고할 수 있는 절호의 기회였다. 나는 매킨토시 노트북을 접고 동료들에게 작별인사를 해야 했다. 호콘이 엄청 걱정해주는 척했지만, 나는 내게 닥친 이 분노의 폭풍에 그도 책임이 전혀 없지는 않을 거라고 의심했다.

처음에는 이 상황을 그다지 심각하게 받아들이지 않았다.

지원서를 여기저기 보내고 면접도 한두 군데 봤지만 서른이 아닌 마흔에 더 가까운 나는 광고업계에서 일하기에 나이가 너무 많았다. 게다가 면접은 자리를 꼭 채워야 해서가 아니라 순전히 내 자존심을 무너뜨리는 면접관의 쾌감 때문에 진행되는 것처럼 보였다. 그래서 나는 필요 이상의 자격을 과분하게 갖춘 다른 경력자들 틈에 끼어 실업급여를 받게 되었고, 결국 지원서도 더이상 보내지 않았다. 시 소유의 하얀 사무실에서 열리는 동기부여 면담에 참석해 그들이 하는 일에 협조했다. 솔직히 말하면 시민의 의무, 시청 직원들에게 일거리를 준다는 의무를 다했을 뿐이다.

쏘다니는 일은 그만두었다. 더는 재미가 없었다. 그후로 소파에 누워 있거나 집안을 이리저리 서성거렸다. 사라가 아말리를 유치원에 데려다줄 차례인 날이면 나는 옷도 제대로 입지 않았다. 사라가 퇴근해서 집에 올 때까지도 가운 차림인 나를 보면 언짢은 눈치라 그전에는 뭐라도 걸치고 있으려고 신경썼다. 하지만 얼마 지나지 않아 그것도 귀찮아서 그냥 소파와 냉장고만 오갔다. 나는 점점 더 많이 먹었다, 그랬다, 거의 언제나 배가 고팠다. 매일 밤 자다 깨서 어두운 냉장고 안 햄샐러드를 상상하고 침대에서 일어났고, 앉지도 않고 서서 음식을 삼키고 오렌지주스를 통째로 들이부었다. 보통 정오쯤이면 첫 맥주캔을 땄고 저녁식사 때는 와인을, 밤에는 위스키를 마셨다. 이건 일시적인 상황이라고, 일자리가 없으니 지원할 이유도 없다고 스스로를 납득시키려 했다. 일 년쯤 지나고 경제 상황이 나아지면 모든 게 다시 좋아질 거라고, 대기 기간은 어떻게든 넘길 수 있다고 생각했다. 빈 맥주캔은 사라가 오기 전에 치웠다. 저녁식사 전에 이미 내가 살짝 취해 맥주 냄새를 풍기는 걸 알아챘는지는 모르지만 어쨌든 그녀는 아무 말도 하지 않았다.

어느 날—일찌감치 술을 마시기 시작해서 캔 여섯 개들이 팩을 비우고 막 치웠을 때였다—사라가 전화해서는 초과 근무를 해야 하니 나더러 아말리를 데려와달라고 부탁했다.

나는 유아시트가 달린 사라의 자전거를 타고 갔다. 아말리는 자전거를 타고 시내를 지나 집으로 오는 동안 온갖 이야기를 종알거렸고, 나는 '그렇구나' 또는 '아니야'로 대답하거나 이따금 질문을 하기도 했다. 하늘이 파랗고 해는 아말리의 그림에서처럼 반짝였다. 한 가족이 차를 세워두고 해변에서 피크닉중이었다. 그 분위기가 내게도 전해져 아말리에게 고개를 돌리고 바닐라아이스크림과 탄산음료를 먹을까 물었다. 그 순간 앞바퀴가 연석을 들이받아 발이 페달에서 떨어졌고, 그 바람에 자전거가 통제 불능이 되었다. 우리는 자전거에서 떨어졌다.

구급차에서는 젖니라 다행이라고 했다. 구겨진 내 셔츠에는 아말리의 피가 묻어 있었다. 나는 상처 하나 없이 말짱했다.

그 다음주에 나는 미소 짓는 아말리를 차마 똑바로 볼 수가 없었다. 저녁을 먹으며 아말리의 이가 빠진 자리가 눈에 들어올 때마다 레드와인을 꿀꺽 마셔야 했다. 아이는 아무 일 없는 듯 태평했지만 사라는 머리끝까지 화나 있었고, 일주일 뒤 모든 게 끝났다—또 소파에 누워 먹고 마시는 나를 보고 그녀가 끝장을 냈다. 그동안에도 텔레비전은 여전히 켜져 있었다.

나는 당분간 친구 스탠리의 집에 묵기로 했다. 집을 최대한 빨리 구하기 위해 단체메일을 보내고 부동산 광고를 살피고 페이스북 상태 업데이트를 했다. 이따금 사라에게 전화했지만 받지 않았다. 잠은 스탠리의 소파에서 잤고, 잠자리를 내준 보답의 의

미로 낮 동안 세척기 안 식기들을 치우는 식으로 정리를 거들었다. 스탠리는 내 존재가 전혀 신경쓰이지 않는 모양이었다. 주말에 우리는 함께 외출했다. 스탠리가 경제 법률가로 일하는 회사가 이번 소송을 이겨서 자축해야 한다고 했다. "너도 바깥바람 좀 쐬어야지." 그가 덧붙였다. 우리는 여기저기 헤매다가 결국 시내에 있는 카바레에 갔다. 우리를 제외하면 모두 미국인인 손님들이 어찌나 거슬리던지, 테이블 끝에 있는 대학생의 생일이 오늘이라는 걸 우연히 알게 되자 스탠리와 나는 이런 즉흥 단편 시를 지었다.

How old are you now?(지금 몇 살이야?)
How old are you now?(지금 몇 살이야?)
You'll get cancer in the asshole(넌 똥구멍에 암이 생길 거야)
And then you'll die.(그러고는 죽겠지.)

나는 배를 잡고 웃었다. 우리는 더없이 만족스러운 기분으로 술집을 나왔다. 집에 돌아와 나는 스탠리의 소파에 털썩 주저앉고, 스탠리는 그 옆 의자에 앉았다. 우리는 정치 이야기를 나누었는데, 가장 혐오하는 게 이른바 우익이라는 집단인지 아니면 좌익이나 중도파인지 의견일치를 보지 못했다. 스탠리는 장에서 위스키 한 병을 꺼내와 한 잔씩 따르고 싱글몰트에 대해 혼잣말을 중얼거렸다. 그러다가 불쑥 울음을 터뜨리더니 다리가 너무 가늘어서 오래전부터 괴롭다고, 그래서 바지를 두 개 껴입는다고 말했다.

다음날 아침 우리는 숙취에 시달렸다. 나는 햄에그를 준비했다. 스탠리는 흰자 4분의 1을 먹고 노른자를 쿡쿡 찔러 흘러내리는 모습을 유심히 보았다. 일요일에는 남부 항구 지역에 원룸이 하나 나와서 계약했다. 스탠리와 다른 친구 하나가 이사를 도와주었다. 그들과 함께 짐을 가지러 갔을 때 사라는 집에 없었다. 나는 소파에서 재워줘 고맙다는 표시로 스탠리에게 하일랜드파크 한 병을 사주었다.

반년이 지났다. 체중이 15킬로그램 늘었다. 숙취 아니면 뒤죽박죽인 시간감각 탓에 늦잠을 자느라 노동청에 가야 할 시간을 계속 놓치자 실업급여가 끊겨버렸다—안녕, 잘 가! 밤에 텔레비전을 보는 시기가 시작되었다. 평일 밤 텔레비전 시청에는 독특한 뭔가가 있다. 새벽 세시가 다 된 시간 쥐죽은듯이 고요한 집안에서, 아이스하키 경기부터 홈쇼핑을 거쳐 시리즈물로 제작되는 미국드라마까지 쉴새없이 채널을 바꿔가며 보다가 차차 하나씩 이별한 끝에 결국 흰 점들만 지직거리는 텅 빈 화면과 마주한다. 그러고 나면 창가로 가서 밖을 내다본다. 거의 모든 집의 불이 꺼졌다. 그곳에는 직업이 있는 버젓한 처지의 사람들이 일하며 사는 시민에게 축복처럼 주어지는 잠을 자고 있다. 그러나 몇 몇 유리창에는 여전히 불이 켜져 있다. 금색과 오렌지색이 섞인 촛불 빛이 아니라 저녁식사 때부터 이미 켜놓은, 밤의 텔레비전이 내보내는 차가운 파란빛이다. 또는 내가 '포르노 빛'이라고 부르는, 포르노 방송이 간헐적으로 깜박이는 불빛이다. 리드미컬하게 바뀌는 빛, 커튼 뒤에서 맥동하는 살색 불빛을 보면 알 수 있다. 나는 순전히 피로 때문에 몸이 마비된 기분이 들어 갑작스레 정적이 찾아와도 끔찍한 충격으로 느껴지지 않을 지경에 이르러서야 텔레비전을 끌 용기를 냈다.

현관에는 경고장과 광고지가, 부엌문 앞에는 쓰레기봉투와 빈병을 담은 봉지가 쌓였다. 부엌 식탁에는 지저분한 그릇들이, 내 몸에는 지방조직이 포개졌다. 돈만 빼고 모든 게 쌓이고 모였다. 그러던 어느 날, 신용카드가 정지되는 바람에 슈퍼마켓에서 장본 물건들을 그냥 두고 나와야 했다. 나는 친구들에게서 돈을 빌렸다. 그랬다, 스탠리에게는 이미 1만 크로네를 빚졌다.

더는 이렇게 지낼 수 없었다. 나는 평소와 다름없는 숙취와 메스꺼움에 시달리며 서쪽 근교로 향하는 광역기차를 타고 가 스텐토프테에서 내렸다. 면접이 잡혀 있었다.

집세를 내려고 또다시 스탠리에게 오천을 구걸했더니, 그는 일자리를 찾겠다고 억지로 약속하게 했다. 어쨌든 지금은 금융위기라 그건 불가능하다고 말해봐도, 눈만 낮추면 맥도날드든, 세븐일레븐이든, ISS 청소대행업체든 항상 일자리는 있다고 했다.

"그게 너한테도 좋을 거야. 이 구멍에서 좀 빠져나와야지." 스탠리가 히죽거리며 말했다. 그는 면접 날 아침 내가 정말로 일어났는지 확인하느라 전화까지 했다. 나는 수화기에 대고 잠에 취한 씁쓸한 목소리로 요들 비르게*의 〈진짜 친구〉를 웅얼거리고는 수화기를 세게 내려놓았다. 하지만 곧 침대에서 기어나와 어찌어찌 옷을 챙겨입고 겨우 몸을 움직여 뒤벨스브로역으로 갔다. 간병인 일자리였다.

스텐토프테에는 그전에 한 번도 와본 적이 없는데, 기차역에 내리니 그 이유를 알 수 있었다. 히에로니무스 보스나 브뤼헐이 2008년도에 살았더라면 폭행당한 창녀의 해골이나 지옥에서 지글거리며 불타는 인간, 또는 모든 것을 파괴하는 죽음의 군대가 아니라 스텐토프테의 콘크리트를 그렸을 것이다. 지옥을 믿지 않는다면 B노선을 타고 스텐토프테로 가보시길.

물론 기차를 타고 윌란으로 가는 길에 이곳을 몇 번 지나치기도 하고, 혐오스럽고 포스트모던한 역사驛舍와 시청보다 높은 거대한 조각 〈생의 기쁨 받침돌〉을 객실에서 내다보기도 했다. 그

* 덴마크의 작곡가 겸 가수.

러나 플랫폼에 내려선 적은 없었다. 나는 에스컬레이터를 타고 대합실로 올라갔다. 에스컬레이터 위쪽에서 젊은 남자 몇 명이 어슬렁거리는 바람에 누구든 그 옆을 바짝 붙어 지나는 수밖에 없었다. 그들은 그냥 서 있는 것만으로 통행인을 불안하게 했다. 그 중 한 명이 내 뒤쪽 에스컬레이터에 담배꽁초를 던졌다. 다른 한 명은 헛기침을 하더니 바닥에 가래침을 요란하게 뱉었다. 대합실에는 통근자 몇몇과 긴 의자에서 잠든 노숙자 한 명이 있었다.

나는 밖으로 나와, 찢어서 바지 주머니에 넣어둔 낡은 시내지도를 꺼내보았다. 오른쪽으로 방향을 틀어 등대처럼 허공으로 솟은 〈생의 기쁨 받침돌〉을 지나야 했다. 조각의 밝은 색깔 때문에 이 지역의 황량함만 도드라질 뿐이었다.

역 건물 한구석에는 중국식당이 있었다. 이미 오래전 문을 닫았는지 유리창이 하얗게 칠해져 있었다. 그런데도 비쩍 마른 개 한 마리가 안으로 들어가려는 듯이 그 앞에서 짖어댔다. 역사 뒤로는 공터가 이어졌다. 역사 완공 이후 주택건설 붐을 이룰 거라는 예상이 빗나간 것 같았다. 통행량이 많은 도로 하나가 나왔고, 다른 쪽에는 어린이집과 높은 철조망 울타리에 에워싸인 축구장이 보였다. 그러고 나서 주택단지가 나타났다—발레마르가 사는 곳이었다.

완벽한 미로는 최대한 많은 동일 모듈로 이루어진다는 말이 있다. 내가 방향감각을 잃고 똑같은 잿빛 콘크리트 건물들 사이를 헤매게 되기까지는 그리 오래 걸리지 않았다. 방금 지나친—어쨌든 내 생각은 그랬다—놀이터에 다시 왔는데, 미끄럼틀에 있는 모닥불 잔해는 아까 못 본 것이었다. 건물들이 약간 거리를 둔 곳에 푸른 풀밭이 넓게 펼쳐져 있었다. 개똥 냄새를 풍기는 그곳을 가로질렀다. 그사이 아홉시가 좀 지났고, 나는 십 분 내로 3A동 36호를 찾지 못하면 집에 돌아가기로 마음먹었다. 하지만 행운은 내 편이 아니었으니, 풀밭 끝에 있는 건물이 바로 3A동이었다.

발레마르는 1층 왼쪽 집에 살았다. 맞은편 집에는 블라인드가 내려와 있었지만, 안에서 누군가 그걸 건드리는 게 보였다. 처음 눌렀을 때 발레마르의 초인종은 작동하지 않는 것 같았지만, 직사각형 플라스틱을 이리저리 만지자 자물쇠에서 우웅 소리가 나며 문이 열렸고 나는 계단이 있는 복도로 들어섰다.

현관문 앞에서 기다리는데 안에서 발레마르가 빗장과 안전 고리를 달칵거리는 소리가 났다. 그의 이웃이 현관문의 유리 구멍으로 나를 지켜보고 있는 것 같았다. 드디어 문이 열렸다.

발레마르는 키가 작았다. 난쟁이는 아니었지만, 처음에 그의 머리 위 허공과 마주했을 만큼 작았다. 눈길을 조금 내리자 얼굴이 보였다. 피부가 뱀파이어처럼 희고 이마는 수많은 여드름으로 뒤덮여 있었다. 검은 테 안경을 썼고, 두꺼운 안경알 덕분에 초록색 눈동자가 엄청 커 보였다. 어깨까지 내려오는 검은 머리카락 위쪽은 머리통에 납작하게 달라붙어 있고 아래쪽은 와인 따개처럼 구불거리는 고수머리였다. 가르마는 차가운 빛이 흐릿하게 들어오는 암막 블라인드의 틈새 같았다. 꼭 곱사등을 연상시키는 나쁜 자세 때문에 키가 더욱 작아 보였다.

거실 탁자에 잔 두 개와 보온병이 놓여 있었다. 방은 기이하리만큼 개성이 없었다. 나는 모든 사물에 개인 취향이 드러나야 한다는 데 특별히 큰 가치를 두는 편이 아니지만, 이곳 가구들이 풍기는 쾌적한 분위기는 병원 대기실과 무척 비슷했다.

"진짜 커피를 끓였어요." 발레마르가 말했다.

탁자에 마주앉자 발레마르는 자기 질병과 증상을 설명했다. 그는 희귀하고 불쾌한 고통에 관한 한 걸어다니는 사전이었다. 그랬다, 그는 너무 많은 질병에 시달리고 있었다. 나라면 그런 병을 피하기 위해 거리낌없이 살인이라도 저지를 것 같았다.

여섯 번이나 벼락 맞은 여자를 다룬 다큐멘터리영화가 떠올랐다. 이와 똑같은 황당무계한 확률이 발레마르에게도 작용하고 있었다.

그는 근육병이 있어서 오래 움직이지 않아도 피곤에 시달렸고 심장병도 앓았다. 의사들은 이미 두 번이나 그의 가슴을 열었지만 결국 심장이 그다지 오래 버티지 못할 것임을 만장일치로 확인하는 데 그쳤다. 의사들에게는 오히려 그가 아직 살아 있다는 게 의학적 기적이었다. 나중에 이런 생각이 들었다. 이처럼 수많은 질병에 시달리는 발레마르는 단 하루를 버티는 데도 육체적으로 초인적인 저항력과 끈기가 필요했을 것이 분명하다고. 또 다른 증상은 성장 억제였다. 나는 근육병의 방해만 없었더라면 발레마르가 엄청 강하고 키가 최소 2미터는 되고 무한한 성공을 거두었을 거라고 확신한다—평생 이런 정신적 황무지에서 보내지는 않았을 거라고. 그가 자기계발은 전혀 못하고 관청의 인간적인 무감각과 모욕적인 대우에 시달리는 삶을 살았기 때문이다. 그 밖에도 그는 내가 만난 사람들 중 가장 고집이 셌다. 마지막 남은 심장의 일부가 여전히 뛰기를 포기하지 않았던 건 무엇보다 그의 굉장한 고집 때문이었던 것 같다.

나중에 알고 보니 발레마르는 대개 자기 병에 대해 이야기하는 일이 그리 많지 않았는데, 그날은 아마 내 업무를 설명하는 데 필요하다고 생각했던 모양이다. 어쩌면 자기가 언제든 쓰러져 죽을 수도 있다는 사실을 내가 직시하도록 하고 싶었는지도 모른다.

그는 전동 휠체어에 앉아 앞으로 움직였다. 아주 하찮은 집안일을 하는 것조차 힘들어했다. 그래서 시에서는 그를 도와서 실생활의 온갖 일을 해줄 사람을 그가 직접 고용할 수 있도록 비용을 지원해주었다. 그전의 도우미는 해고되었다. 발레마르는 또 자기 나이가 스물두 살이고 부모님은 스텐토프테의 반대편 끝에 있는 주택단지에 산다는 말도 했다.

나도 내 이야기를 약간 했지만 대부분 거짓말이거나 반만 사실이었다.

그날 집에 돌아와 있으니 그가 전화를 걸어와서, 합격이니 다음날부터 일을 하러 오라고 했다. 나는 수화기를 내려놓고 멍하니 앞만 노려보았다.

저녁 무렵 사라에게 전화를 했다. 여전히 받지 않았다. 그래서 맑은 공기가 잠드는 데 도움이 되길 기대하며 오랜만에 산책을 나갔다. 스텐토프테를 생각하자 몸이 불편해졌지만 어쩌면 봄이 모든 걸 좀더 잘 견디게 해줄지 몰랐다. 이제 겨우 3월이니까.

출근 첫날 마주하자 발레마르가 욕실 청소를 해야 한다고 말했고 지시대로 나는 한 시간 동안 일했다. 그동안 그는 문간에 서서 나를 지켜보았다. 발레마르는 소리 없이 문간에 나타나는 재주가 있어서, 나는 늘 얼마간 지나서야 그의 존재를 알아챘다. 피곤해진 그는 좀 쉬려고 거실에 가 앉았다.

화장실은 처음부터 워낙 깨끗해서 할일이 그다지 없었다. 이보다 훨씬 더 힘들 수도 있었을 것이다. 기저귀 갈기나 뭐 그런 거. 여기 이 일은 어린애 장난이었다! 청소 후에는 한 시간 동안 둘이 함께 앉아서 허공만 바라보았다. 발레마르가 '휴식'이라 부르는 것이었다. 나는 둘이 마실 커피를 끓였다. 어떻게 행동할지, 얼마만큼 재량껏 일하고 얼마만큼 그의 몫으로 남겨둬야 할지 아직은 잘 알 수 없었다—"할일이 또 있을까?" 빈둥거리며 그냥 앉아 있는 게 슬슬 신경쓰여서 물었다.

"아주 많지." 발레마르는 그렇게 대답하고 자리에서 일어나더니 부엌 식탁에서 노란색 포스트잇 뭉치를 가져왔다. 알고 보니 그가 버릇처럼 좋아하는 일 가운데 하나였다. 발레마르는 생각할 일이 수십 가지는 된다는 듯이 늘 메모를 했다. 그가 내민 포스트잇에는 '현관 옷걸이'라고 쓰여 있었다.

이 옷걸이가 이날 해결할 과제였다. 현관에는 옷걸이 두 개가 달려 있었다. 하나에는 발레마르가 요즘 입는 초록색 파카가 걸려 있고, 똑같이 생긴 그 옆 옷걸이 위에는 작은 나무판에 '도우미'라고 적혀 있었다. 발레마르의 옷걸이가 헐거워진 상태였다. 덕분에 이날 어떻게든 시간을 보내게 되었으니 우리에게는 행운이었다.

"옷걸이를 새로 하나 사도 괜찮을 거 같아." 함께 옷걸이를 찬찬히 살펴보고 나서 발레마르가 말했다. 제일 위쪽 못이 벽에서 빠져나오고 석횟가루가 바닥에 떨어져 있었다.

"저 못을 그냥 다시 단단하게 박으면 안 될까?" 나는 생긴 대로 순진하게 물었다.

내가 다른 의견을 내놓아서 기분이 상했는지 발레마르는 못 들은 척했다.

"쓰던 게 망가졌으니 새것을 갖고 싶어. 메가메트로폴리스에 들러야 할 거야. 근데 그전에 목욕부터 할래." 목욕을 하고 나서 시체처럼 창백해진 발레마르는 출발 전에 잠시 앉아 쉬겠다고 했다.

"현관 좀 쓸어줄 수 있어?" 그가 부탁했다.

"새 옷걸이를 박으면 어차피 다시 지저분해질 텐데." 내가 의견을 냈다. 나는 아직 아무것도 몰랐다. 따지고 보면 오늘이 출근 첫날 아닌가.

"빗자루는 현관 수납장 안에 걸려 있어." 돌아온 대답은 간단명료했다.

나는 바닥의 석횟가루를 쓰레받기에 쓸어 담았다. 아무리 쓸어도 아주 가느다란 석횟가루 띠는 쓰레받기에 담기지 않고 바닥에 그대로 남았다. 그래서 부엌에서 키친타월 한 토막을 수돗물에 적셔와 나머지 석횟가루를 톡톡 눌러 닦아냈다. 빗자루와 쓰레받기를 다시 제자리에 걸었을 때, 구멍에서 또 석횟가루가 떨어져내렸다.

우리는 교외를 가로질렀다. 발레마르는 전동 휠체어를 타고, 나는 걸어서. 발코니에 달린 접시안테나들은 하나같이 약속이라도 한 듯 하늘의 잿빛 점 하나를 노려보고 있었다. 고층건물들의 지붕에 올이 촘촘한 어두운색 구름 담요가 덮여 있는 것 같았다.

우리는 단지 건물들 사이로 난 길을 따라가다가 보행자 전용 다리를 건넜고, 위로 차들이 요란한 소리를 내며 지나가는 지하도를 통과했다. 그러자 메가메트로폴리스가 우리 앞에 나타났다. 쇼핑센터는 스텐토프테와 고속도로의 경계 지점에 있었다. 처음에는 그 규모를 과소평가했다—알고 보니 크기가 엄청났고 드넓은 공터 주차장을 지나 다가갈수록 마치 산처럼 점점 더 커졌다. 4층짜리 건물에 상점이 빼곡히 들어차 있었지만 대부분 폐업상태였다. 이 쇼핑센터의 전성기는 이미 지난 게 분명했다. 하염없이 병들어가는 분위기였다. 우리는 쇼핑센터를 지나며 진열창을 슬쩍 들여다보았다. 발레마르는 지하층 철물점에서 옷걸이 두 개와 나사 한 팩을 구입했다.

출구에 '네토'*가 있었다.

"저기 네토로 잠깐 건너가서 할인 상품이 있는지 보자." 발레마르의 말소리가 들렸다.

바로 그 순간, 나는 현실의 바닥에 세차게 부딪혔다. 일 년 동안 나는 자유낙하중이었다. 그런 상황에서 네토는 문화 충격으로 다가왔다. 물론 장을 보러 '알디'에 가긴 했다. 하지만 알디에

---

* 저렴한 물품을 많이 파는 대형 마트 체인.

서 돌아올 길은 여전히 있다—종착역이 아니다. 알디는 누구나 아는 가게, 적당한 가격의 상품을 살 수 있는 평범한 곳이지만 스텐토프테의 네토는 완전히 다르다. 이 슈퍼마켓은 절망의 전형이다. 그곳 냉장고 안의 구이용 소시지는 불안과 절망으로 이루어진 잿빛 덩어리다. 슬라이스 소시지는 슬라이스 소시지 형태를 띤 빈곤이고, 계산원은 자살 후보자의 완벽한 화신이다.

일 년 전만 해도 시크한 광고회사에 앉아 있던 내가 지금은 발레마르와 함께 여기 네토에 와 얼음 같은 김과 차가운 불빛을 내뿜는 냉장고들 사이에 서 있었다. 둘—네토와 광고회사—은 망할 운명인 문명의 산물이었고, 이들의 가장 큰 이상은 사기였다. 나는 그 한쪽 끝에서 다른 쪽 끝으로 옮겨왔다. 두 세계는 떨어져 있는데도 놀랍도록 비슷했다.

냉동식품 코너에 행복한 표정으로 날개를 파닥이는 닭을 그린 광고판이 달려 있었다. 그림 속 말풍선 안에는 "파격가에 드립니다"라고 쓰여 있었다.

한 아시아 여자가 쇼핑카트를 값싼 닭들로 막 채우려는 참이었다. 차가운 김이 냉동고에서 꺼낸 닭 주위에서 하늘거렸다.

"닭 좀 보자." 발레마르가 말했다.

그때 노파 한 명도 우리와 함께 냉동고로 향했다. 노파가 미는 보행보조기에는 강아지가 묶여 있었다. 강아지가 다른 쪽으로 움직이는 바람에 가려는 길에서 벗어난 노파는 자꾸만 반대 방향으로 보행기를 틀어야 했다.

발레마르는 천천히 움직이다가 위험이 닥친 걸 보고 작은 닭이라도 하나 챙기려고 속도를 높였다.

닭을 한 마리 더 쇼핑카트에 막 집어넣던 아시아 여자가 경쟁의 위험이 다가오는 걸 곁눈질하더니 냉동고로 몸을 한껏 구부려 한꺼번에 세 마리나 끌어안았다.

발레마르와 나와 연금생활자 노파가 현장에 도착했을 때—닭은 한 마리도 남아 있지 않았다. 노파는 자기도 사려 했다는 걸 강조하려고 보란듯이 냉동고 안쪽으로 몸을 숙였다.

아시아 여자는 우리를 못 본 척 닭을 쇼핑카트에 넣더니 카트를 밀었다.

"이봐요, 당장 다시 내려놔요!" 가죽재킷과 트레이닝 바지를 입은 뚱뚱한 남자가 통로 끝에서 우리 쪽으로 오며 고함을 질렀다. 상체를 끄덕이며 걷는 바람에 팔이 이리저리 흔들렸다.

아시아 여자는 눈도 깜짝하지 않았다. 그때 통로 제일 끝 길쭉한 냉동고 두 개 사이에서 네토 직원이 나타났다. 느긋한 태도였지만 막 시작되려는 싸움에 참견하려는 게 분명했다. 직원은 아시아 여자를 가로막느라 버티고 서서는 손가락 네 개를 펴 보였다.

"일인당 네 마리. 나머지는 당장 도로 가져다놔요! 광고를 아주 많이 했으니 제품이 좀 오래 남아 있어야 한다고요. 안 그러면 하루종일 욕먹어요."

아시아 여자가 드디어 쇼핑카트를 세웠다.

"가져다놓으라고요. 얼른!" 가죽재킷 남자가 팔을 흔들며 소리쳤다. "못 알아들은 척하지 말고요!"

여자는 쇼핑카트에서 물러나며 포기한다는 듯이 양손을 들어 올렸지만, 남자는 이쯤에서 그만둘 마음이 없는 듯했다. 그가 다가오자 강아지가 요란하게 짖으며 앞으로 뛰어나가 그의 바짓가랑이를 덥석 물었다. 강아지와 보행보조기를 매단 채 비틀거리던 남자는 팔을 휘저으며 몇 걸음 앞으로 더 나아갔다. 그러다가 넘어지면서 되는대로 카트 손잡이를 잡았고, 그 바람에 몸이 활처럼 휜 채 발끝으로 서서 카트에 매달린 꼴이 되어버렸다. 뒷바퀴로 멈췄던 카트가 넘어가자 남자는 바닥에 배를 깔고 쓰러졌다. 팔을 쭉 뻗고 엎드린 그의 위로 덤프트럭에서 떨어지듯 닭들이 쏟아졌다. 강아지는 바짓가랑이를 놓고 도망쳤다. 요가 자세 비슷하게 쓰러지면서 남자의 척추가 여러 번 크게 두둑거렸다. 쏟아지던 닭 비가 드디어 멎자 남자는 희미하게 한숨을 내쉬었다. 남자의 바지가 젖더니 몸 아래쪽에 생긴 물웅덩이가 점점 넓어졌다—안락사당하는 짐승처럼 오줌보를 비운 것이다.

강아지가 돌아와 웅덩이에 대고 코를 킁킁거리더니 주인에게

쏜살같이 달려갔다. 그사이 주인 노파는 보행보조기 쪽으로 가서, 지팡이로 개줄을 집어올리고 있었다.

아시아 여자는 쇼핑카트와 닭을 그대로 두고 줄행랑치면서 방어하듯 그저 손만 흔들었고, 직원은 팔을 휘저으며 등뒤에다 대고 이렇게 그냥 가버리면 안 된다고 고함을 질렀다.

오 분 후 우리는 네토 앞, 가짜 종려나무로 장식된 자그마한 공간에 서 있었다. 어느 상점에선가 '오아시스 행사'를 하는 모양이었다. 그 옆에는 담뱃불로 지진 구멍이 잔뜩 난 커다란 헝겊 낙타가 쓰러져 있었다.

나는 노파더러 의자에 앉으라고 권했다. 강아지는 노파의 무릎에 웅크리고 보행보조기는 옆에 세워져 있었다.

노파는 분명 충격 때문인 듯 쉴새없이 뭐라고 중얼거렸다. 여전히 닭 이야기였다.

"오늘 저녁에 닭 요리를 하려고 했는데." 노파는 그렇게 말하고 멍한 표정으로 버릇 나쁜 강아지를 쓰다듬었다. "파슬리와 그레이비소스, 작은 감자랑 같이."

그러고는 말을 멈추고 강아지에서 손을 떼고서 이렇게 덧붙였다. "오이 샐러드." 그 말은 마치 유언처럼 들렸다.

"하지만 다시 들어가면 하나는 살 수 있어요." 내가 이의를 제기했다.

“노랑이가 다 가져갔는걸.”

“아니요, 그 여자는 도망쳤어요.”

“그래, 닭도 가져갔지. 그 여자가 다 가져갔어. 오늘 저녁에는 닭 요리를 못하겠네.”

“안 가져갔어요. 난장판이 벌어져서 우리가 살 수는 없었지만 닭은 아직 남아 있어요.”

“아니, 그 여자가 가져갔다니까.”

“이래서야 진전이 없네요. 발레마르, 내가 들어가서 그 빌어먹을 닭 두 마리 가져올까, 오줌에 젖지 않은 게 남아 있으면?”

“그럴 필요 없어.” 그가 파카를 열었다. 그리고—어럽쇼, 서리에 뒤덮인 채 얼음 같은 김을 내뿜는 행복한 닭 두 마리가 나타났다.

노파는 눈앞에서 죽은 자가 부활하기라도 한 듯 못 믿겠다는 표정으로 닭을 빤히 바라보았다.

얘기를 듣자 하니 노파는 발레마르 맞은편 집에 살았다—그러니까 오늘 아침 나를 관찰한 사람이 바로 그 노파였다. 닭을 건네자 노파는 받아서 보행보조기 바구니에 조심스럽게 넣었다. 발레마르와 나는 눈길을 교환하고는 웃음을 터뜨렸다. 발레마르가 웃는 모습은 처음 보았다. 바지를 적신 그 남자가 나오지 않을까 두근거리는 마음으로 기다릴 때였다. 갑자기 시끄러운 함성이 울려퍼졌다. 열 살, 열두 살로 보이는 청소년 패거리가 화장실의 흰 휴지를 이마에 두른 채 달려왔는데, 그중 두 명은 플라스틱 칼리시니코프를 허공에 쏘아댔다. "지하드, 지하드, 알카에다 지하드!" 아이들이 우리를 스쳐가며 외쳤다. 마지막 아이가 보행보조기 바구니에 있던 닭을 낚아채 환호성을 지르며 트로피처럼 머리 위에서 흔들어댔고, 나머지 패거리는 메가메트로폴리스로 몰려들어가 시야에서 사라졌다.

나는 어이가 없었다. 그러나 발레마르는 스텐토프테에 늘 존재하는 파괴 성향에 지극히 느긋하게 반응했다—이곳 생활에 다져져 표정 하나 바뀌지 않았다. 노파는 입언저리가 부들부들 떨렸다. 발레마르는 자기 닭을 가져가도 좋다며 바구니에 넣어주었다. 노파는 그게 신기루가 아니라는 걸 확인하려는 듯 제대로 다시 놓았다.

"고마워." 노파가 말했다.

"우린 새로 하나 다시 살까?" 내가 발레마르에게 물었다.

"아니, 집에 가자. 스파게티 면이 있어."

집으로 돌아오자 발레마르는 옷걸이의 포장을 풀고 꼼꼼하게 이리저리 살피더니 나사와 나사받이를 꺼내 시험 삼아 나사 하나를 옷걸이에 끼웠다.

"이런 거 잘해?" 그가 물었다.

"별로. 드릴 있어?"

"드릴? 그냥 드라이버를 쓰면 안 될까?" 발레마르가 현관 수납장에서 공구함을 꺼내왔다. 나는 그의 어깨 너머로 흘낏 살폈다.

"십자드라이버를 써도 되겠지. 근데 원래 있던 구멍에는 옷걸이가 제대로 고정이 안 될 것 같아. 구멍을 새로 뚫어야 해."

"정말로 드릴이 있어야 할까?"

"단단히 고정시키려면."

"집에 혹시 드릴 있어?"

"아, 아니."

"잠깐만."

발레마르가 바지 주머니에서 휴대전화를 꺼내 번호를 눌렀다.

"저예요. 집에 드릴 있어요? …… 잠깐 들러서 빌려가도 될까요? …… 그게, 오늘 필요해서요."

발레마르는 부모님과 통화중인 것 같았다. 부모님은 그의 방문이 그다지 반갑지 않은 눈치였지만 결국 한발 물러났다.

발레마르의 부모님 댁으로 가면서, 나는 최소한 운동 부족을 불평할 일은 없겠구나 생각했다. 그의 부모님은 전형적인 스텐토프테 주민의 최고 본보기였다. 스텐토프테에서 조기 퇴직은 가장 좋은 일이었고, 시는 주민들의 삶 대부분과 밀접하게 연결된 주무관청이었다. 그랬다, 부모와 청소년의 관계와 비슷했다—시는 공포의 대상인 동시에 양육자였고, 유일한 수입원인데도 맞서 싸워야 할 적으로 간주되었다. 스텐토프테 주민들은 관청 규정과 지원 분야의 전문가였다. 세금을 아끼는 기술이라면 나도 꿰고 있는 줄 알았지만, 스텐토프테 주민들에 비하면 아무것도 아니었다.

발레마르가 복도에 휠체어를 세운 뒤 우리는 엘리베이터를 타고 4층으로 올라갔다. 문이 살짝 열려 있었다. 발레마르의 부모님은 텔레비전 앞 소파에 앉아 있었다. 어머니는 담배를 만드는 중이었다. 기계, 필터가 든 봉지, 연초 봉지를 앞에 놓고 텔레비전 화면에서 눈을 떼지 않은 채 담배를 계속 말았다.

"고소했어?" 우리가 거실에 들어서자 그녀가 대뜸 물었다.

이 질문을 이해하려면, 발레마르가 한 실무자를 고소하려고 했다는 사실을 먼저 알아야 한다. 그 실무자는 발레마르의 동의 없이 그가 복용하는 약품 정보를 약국으로부터 입수했다. 이런저런 말이 오간 끝에, 발레마르가 고소하지 않았다는 사실이 드러났다.

"어쨌든 전화로 사과하긴 했어요." 발레마르가 반박했다.

"빌어먹을, 그래도 다시 똑바로 해결하란 말이야." 어머니가 욕을 퍼붓는 중에도 기계는 계속 담배를 뱉어냈다. "그 사람들, 뭐든 제멋대로 하면 안 된다는 걸 알아야 해."

부모님에게 내 소개를 하게 되리라는 생각과 달리 그들은 내가 없는 사람인 듯이 행동했다. 발레마르의 아버지는 관청 사람들이 가혹하다는 말로 대화를 마무리했다. 나를 보지는 않았지만 아마 나도 들으라고 한 말 같았다—그저 여기서 가혹한 사람이 누구인지 내가 알게 하려고. 그는 드릴이 현관 탁자에 있다고 덧붙였다.

그들은 발레마르에게 내 옷걸이 비용을 시에 청구해야 한다는 훈계도 잊지 않았다. 우리는 바로 밖으로 나왔다.

발레마르의 집 현관에 옷걸이를 달고 있는데 갑자기 탄내가 났다. 우리는 어디서 연기가 나는지 보려고 집안을 여기저기 돌아다녔다. 발레마르가 현관문을 열고서야 연기가 복도에서 들어온다는 게 확실해졌다—음식 탄내였다.

"맞은편 노파 집에서 나는 거야." 나는 그렇게 말하고 노파네 우편함 틈새 앞에 무릎을 꿇고 앉았다. 연기가 구름처럼 몰려나와 콜록콜록 기침이 났다. 초인종을 누르고 문도 두드렸다—아무 반응이 없었다.

"나 좀 앉아야겠어." 발레마르가 말했다.

"그래. 내가 밖으로 나가서 그 집 창문으로 안을 살펴볼게."

복도로 향한 창 틈새가 조금 벌어져 있고 집안은 연기로 꽉 차 있었다. 나는 나뭇가지를 하나 집어들어 창문을 올리고 안으로 들어갔다.

"계세요?" 소리를 질렀지만 아무도 대답하지 않았다. 거실에서 귀가 먹먹해지도록 커다란 텔레비전 소리가 들려왔다. 그래도 일단 연기의 근원지로 보이는 부엌부터 갔다. 오븐이 살짝 열려 있고, 최고 단계로 달궈진 그릴 아래서 새까맣게 탄 닭이 연기를 내뿜고 있었다. 나는 오븐을 끄고 레인지후드를 켰다. 몸을 돌리자 네토에서 뚱뚱한 남자를 쓰러뜨린 강아지가 나를 올려다보고 있었다. 강아지는 나를 따라 거실로 왔다.

텔레비전 앞에 놓인 올리브그린 색 소파 팔걸이 위로 잿빛 머리카락이 삐죽 솟아 있었다. 노파는 눈을 감고 고개를 숙인 채 소파에 앉아 있었다. 노파가 꼴까닥했구나, 그것이 제일 먼저 든 생각이었다. 노파가 앉아 있는 모습은 어딘지 모르게 우스꽝스러웠다. 하지만 노파는 그냥 잠든 것이었다. 눈꺼풀 뒤에서 눈동자가 움직였다—그녀는 꿈을 꾸고 있었다. 나와 강아지는 타버린 닭 때문에 탁해진 공기 속에 서서 어쩔 줄 몰라하며 노파를 바라보기만 했다. 내가 깨우면 노파가 일생일대의 충격을 받을까봐 두려웠다.

소파 팔걸이에 놓인 텔레비전 리모컨으로 볼륨을 줄였다. 소리가 작아지자 노파가 눈을 떴다.

"홀게르, 내가 얼마나 멋진 꿈을 꾸었는지 당신은 모를 거야."

"전 홀게르가 아니에요." 나는 그렇게 말하고 최대한 덜 위협적으로 보이려고 의자에 앉았다. "맞은편 이웃집에서 왔어요. 닭이 다 타버렸네요."

"닭!"

노파는 깜짝 놀라 몸을 일으켰다.

"이 연기 좀 봐!"

우리는 부엌으로 갔다. 노파가 허리를 많이 굽히지 않아도 시커먼 닭고기는 금방 눈에 들어왔다.

"이건 이제 쓰레기통에나 어울리겠어. 도무지 영문을 알 수가 없네."

노파가 오븐장갑 두 짝을 가져오더니 오븐 석쇠를 꺼내 레인지 위에 얹었다.

"마지막에 그릴 좀 하려고 했거든. 껍질이 엄청 바삭해지니까. 근데 제대로 안 된 것 같아."

나는 노파에게 인사하고 나왔다. 발레마르는 거실에 앉아 쉬고 있었다. 연기의 원인을 찾아 집안 여기저기 돌아다니다보니 몸에 무리가 온 것이었다. 그러나 닭이 타는 냄새가 진동하는데도 편안하게 잠든 노파 이야기를 들려주자 그는 어깨를 들썩이며 웃었고, 숨을 쉬려고 몸을 꼬았다.

발레마르가 나더러 집에 가기 전에 함께 식사하겠느냐고 물었다. 집에 가봐야 할일도 없었으므로 나는 초대에 응했다. "냉동고에 다진 고기 소스가 있어. 전자레인지에 넣고 해동해줄래?"

냉동고 안의 봉지마다 갈색이 나는 뭔가가 들어 있었다. 나는 그중 하나를 들고 발레마르에게 가서 보여주었다.

"이런 거?"

"맞아."

나는 소스를 전자레인지에 넣고 면 삶을 물을 올렸다.

"저기, 발레마르……" 내가 운을 뗐다.

"응." 거실에서 대답이 들려왔다.

"내 생각에, 이웃집 노파가 저녁을 화장해버렸으니……"

"화장?"

"그러니까 내 말은…… 태웠다고. 시신을 태우는 걸 화장한다고 하잖아. 특이한 단어를 사용하는 게 내 이상한 버릇이야."

"아, 그렇구나."

"음, 그분에게 같이 식사하자고 묻는 게 어떨까 하는 생각이 들어서."

발레마르는 대답이 없었다. 처음에는 괜한 참견을 했다는 생각이 들었다. 노파 혼자 저녁시간을 보내는 게 왜 마음에 걸렸던 건지 모르겠다. 잘 생각해보면 그러지 않아도 노파는 문제없이 지내왔다. 어쩌면 이웃의 누군가가 정말로 도움이 필요한데, 그럴 필요가 거의 없는 단 한 사람을 일대일로 맡아 돌보는 게 불합리하다는 생각 때문이었을지도 모르겠다. 발레마르가 문간에 나타났다.

"그러지 뭐."

우리는 세 사람을 위한 식탁을 차려놓고 맞은편 집으로 건너갔다. 오 분이나 초인종을 누른 끝에야 뭔가 반응이 왔다. 노파의 이름은 마르타였고, 또다시—우리가 자기소개를 했는데도—나를 홀게르라고 불렀다. 어쨌든 노파는 군말 없이 우리를 따라왔다.

노파는 내가 빼준 의자에 앉았다. "친절하기도 하지." 노파가 몇 번이나 말했다.

노파가 스파게티를 먹는 데 고전하자 발레마르는 조언을 건넸다.

"포크에 감아야 해요. 이렇게요."

노파가 그를 보며 미소 지었다.

"그래요. 팔팔하게 살아 있는 개구쟁이가 몇 가닥 있어서."

노파는 발레마르가 시범을 보여준 대로 포크에 감으려고 했지만 잘되지 않아 이따금 손가락도 같이 써야 했다.

노파는 나를 몇 번이나 홀게르라고 불렀다. 그때마다 나는 홀게르가 아니라고 알려줬고, 그때마다 우리는 계속 원점으로 돌아왔다.

우리는 말없이 식사를 계속했다. 포크가 접시에 부딪히며 달그락거리고 누군가 헛기침을 했다. 마르타는 이상한 소리를 냈다. 처음에는 노파가 스파게티를 빨아들이는 소리인 줄 알았지만 아마 틀니 때문에 나는 소리인 듯했다.

우리는 한창 애쓰고 있는 노파를 방해하지 않으려고 그냥 두었는데, 몇 분 후 노파가 색색거리기 시작했다. 그러더니 고개를 뒤로 젖히고 눈이 휘둥그레져서는 마른침을 삼켰다.

"마르타, 마르타!" 나는 고함을 질렀다.

"숨을 못 쉬어." 내가 막 일어나는데 발레마르가 말했다.

나는 마르타의 등을 두드리고 허리에 팔을 두르고 눌렀지만 노파는 소용없이 헐떡거리기만 했다. 마르타가 너무 연약하고 부서질 것만 같아서 더 세게 껴안을 엄두가 나지 않았다. 노파의 벌어진 입 안으로 뭔가 보였다. 손가락 세 개를 그녀의 목구멍으로 넣어 잡히는 스파게티 가닥을 끄집어냈다. 노파가 심호흡을 하는 동안, 나는 손가락 사이에 낀 스파게티를 의기양양하게 치켜들었다. 걱정하던 발레마르는 소년처럼 히죽 웃으며 엄지를 척 들어올렸다.

한 시간쯤 후 나는 스텐토프테를 지나 기차역으로 가서 플랫폼의 잠재적인 위협의 분위기를 견디다가, 점점 짙어져가는 어둠을 뒤로하고 기차에 올랐다. 객실 유리가 거울 같았다. 기차는 다이빙벨에 들어간 듯 빛과 멀어졌다.

집안에 들어서자 내가 얼마나 냄새나고 지저분한 곳에서 살고 있는지 새삼 실감났다. 온통 뒤죽박죽 엉망이었지만 일을 했다는 사실이 나에게 새로운 힘을 주었다—이게 바로 일의 역설이었다. 나는 다시 움직이기 시작했다. 어쨌든 어느 정도는 그랬다. 거실을 정리하고 쓰레기를 내다놓고 샤워한 후, 침대에 누워 일하는 시민에게 축복처럼 주어지는 잠을 잤다.

그리고 실제로 거의 기분좋은 느낌이 들었다. 외출해서 신경을 딴데로 돌렸다는 것 자체가 이미 도움이 되었고, 그래서 다음날 아침 일어나는 데도 전혀 문제없었다. 일부러 흥을 더 돋우며 칫솔에 콜게이트를 듬뿍 짜서 이를 닦았다.

임시로 하는 일일 뿐이라는 생각이 이 모든 걸 견딜 만하게 해주었다. 게다가 이미 말했듯이 발레마르는 좀 독특한 사람이었다. 그가 네토에서 닭을 아주 은밀하게 재킷 아래 감춘 방식이 마음에 들었다. 아니면 이렇게 말하는 건 어떨까—정확하게 그의 어떤 점이 좋은지는 잘 모르겠지만 어쨌든 뭔가 마음에 든다고. 나는 스텐토프테에서 삶에 맞서고 있는 그를 떠올렸다. 그는 항구적인 계엄하에 사는 사람이었다—얼간이들에게 에워싸여, 질병의 그늘 아래. 또 외로운 사람이었다—그랬다, 그는 내가 만난 사람들 중 가장 외로웠다. 평생 도움을 받으며 지냈으니 이것 역시 또하나의 역설이었다. 그의 가족은 그가 태어난 후로 늘 간병인을 두었다. 어릴 때는 자는 동안 펌프로 밀었다가 빨아올리는 소리를 내며 다양한 방식으로 생명을 유지시키는 각종 기계에 연결되어 있었고, 그를 위해 특별히 고용된 사람이 지켜보았다. 의사들의 온갖 경고에도 불구하고 기계와 연결되기를 완강히 거부하는 지금도 여전히 직원이 매일 집을 방문했다. 나는 일주일에 서른일곱 시간 그의 집에 머물렀고, 그가 이의를 제기한 적은 한 번도 없었다. 그의 삶은 이런 모습이었다—친구는 한 명도 없고, 도우미가 한 명 있었다. 어째서 도우미가 필요한지는 수수께끼였지만, 발레마르가 실제보다 서류상으로 훨씬 더 아프다는 걸 알게 된 건 더 지나서였다. 아니, 내가 하려는 말은—그가 사실은 최소한 서류상의 내용과 똑같이, 아니 우리처럼 멀쩡한 사람들은 상상조차 할 수 없을 만큼 아팠다는 점이다. 그러나 초인적인 저항력 덕분에 그는 상상 이상의 것을 할 수 있었다. 그 이유만으로도 도우미로서 나는 거의 언제나 필요 없는 존재였다. 하지만 달리 생각해보면—하루종일 그 혼자서 뭘 하겠는가? 나는 시에서 돈을 받으니 일하는 시간을 줄일 수 없었다. 시에 공짜로 뭔가 돌려주는 건 역시 바보짓이었을 것이다.

출근 둘째 날 발레마르의 집에 갔더니 그는 텔레비전 앞에 앉아서 코코팝스를 우유에 말아 먹고 있었다. 알고 보니 우리 둘 다 미국 리얼리티 텔레비전 방송이라면 사족을 못 썼다. 정리정돈에 어려움을 겪는 가족에 대한 방송이 막 나오고 있었다. 이 가족에게 하관이 넓은 한 남자가 새집을 선물해 함께 집안을 둘러보고 있었는데, 새로운 방에 들어갈 때마다 엄마는 양손을 얼굴에 대고 "오 마이 갓, 오오오오 마이 가아아앗!"을 외쳤다. 포르노 사운드트랙처럼 들렸다.

"저 여자, 제대로 할 줄 아네." 그것 말고는 할말이 없었다. 내 말에 발레마르는 갈색이 된 우유에 숟가락을 떨어뜨리고는 그렇다고, 미국은 상금이 저렇게 많다니 너무 부당하다고 대꾸했다.

"미국에 살고 싶어?"

"흠, 상금을 저렇게 받는다면."

우리는 이따금 내가 그의 말에서 끄집어낸 주제로 이런저런 얘기를 나누었다. 처음에는 그가 내놓은 해석이 할일 없다는, 더욱이 멍청하다는 표시라고 생각했지만, 실은 삶이 하루아침에 달라지는 기적이 일어나길 바라는 발레마르의 소망이 표현된 것이었다. 구체적으로 그가 말한 적은 없지만 우리가 고르는 방송 프로그램에 이미 반영되어 있었다. 우리가 좋아하는 방송 프로그램 가운데 하나는 〈익스트림 메이크오버〉였는데, 발레마르의 비참한 처지를 고려하면 심히 비극적이었다. 성형외과의와 메이크업 아티스트, 스타일리스트가 떼로 나와 한 사람을 완전히 바꾸려고 다그치는 프로그램이었다.

자기 상황을 변화시키고 싶은, 어쩌면 건강해지기까지 바라는 발레마르의 말없는 희망은 내게 좋지 않은 영향을 미쳤다. 희망 그 자체는 사실 잘못이라고 할 수 없지만, 정체와 완벽한 절망으로 점철된 우리의 일상과 끔찍할 만큼 극적인 대비를 이루었다. 개인적으로 나는 체중을 감량하려는 뚱보들에 관한 프로그램을 즐겨 봤지만 발레마르는 전혀 공감하지 못했다. 그에게 프로그램 주인공들의 비만은 너무 사소한 일이었다—내 질병에 비하면 지방 50킬로그램이 무슨 문제야? 하늘이 준 선물이지!

발레마르는 알코올음료를 거의 마시지 않았지만—몸이 감당해내지 못했다—이따금 대마초는 피웠다. 때로 그의 질병 중 하나가 꽤 심한 통증을 유발했는데, 대마초가 도움이 되는 모양이었다. 처음에는 내게도 권했지만 거절했다. 난 뭐든지, 누구든지 처음에는 의심하고 그런 다음에는 우울해한다. 하지만 발레마르는 럼주를 한 병 가지고 있어서, 그가 대마초를 피울 때면 나는 거의 언제나 럼주에 콜라를 섞어 마셨다. 발레마르가 가장 좋아하는 음료이기도 해서 그가 좀 마실 때면 나도 같이 마셨다.

내 생각에 발레마르는 일주일에 평균 한두 번 대마초를 피웠던 것 같다. 몇 주 동안 피우지 않을 때도 있었고, 또 어떤 때는 나흘 연거푸 피우기도 했으니까. 통증과 기분에 따라 다르다는 것이 그의 설명이었다. 그가 느슨하게 만 대마초를, 내가 럼코크를 들고 소파에 앉아 있을 때면 발레마르가 대마초를 빠는 소리와 이따금 나지막하게 기침하는 소리, 내 잔에서 얼음이 잘랑거리는 소리만 들렸다. 발레마르 집 냉동고에는 얼음이, 서랍장 제일 위쪽 서랍에는 작은 대마초 주머니가 늘 들어 있었다. 대마초가 떨어질 만하면 그는 다시 4그램—그 이상은 사지 않고 한동안 그럭저럭 지냈다—을 샀다. 발레마르에 대해 사람들이 잘못된 인상을 품지 않는 게 내게는 중요하다.

"우리 오늘 백개먼 클럽에 가야 해." 그릇에 갈색 우유 조금과 색이 빠진 코코팝스 한 알이 남았을 때 발레마르가 말했다.

백개먼 클럽은 몇 블록 떨어진 곳에 있는 대마초 클럽이었다. 발레마르는 채광정 옆에 휠체어를 세웠다. 우리는 층계를 다섯 칸 내려가 지하 유리문을 열었다. 형광등이 바와 냉장고가 있는 공간을 비추고 있었다. 한구석의 낮은 유리탁자를 중심으로 놓인 소파에 두어 명이 앉아 격투기 방송을 보는 중이었다. 대마초 냄새와 유리탁자 앞에 앉은 사람이 피우는 담배 냄새가 났다.

"발레마르, 오랜만이야." 바 뒤에 있던 남자가 손을 들었다. 발레마르는 그와 하이파이브를 하려고 까치발로 서야 했다. 그러고는 숨이 차서 헐떡거렸다.

"하인이 새로 왔어?" 남자가 나를 가리키며 물었다.

"새 간병인이야."

"안녕? 난 아스게르라고 해." 나는 내 소개를 했다.

남자의 이름은 아흐메드였다.

소파에 앉아 있던 사람들 중 하나가 플레이스테이션을 하겠느냐고 제안해서, 발레마르는 대마초를 피우며 간단한 게임을 하는 자리에 합류했다. 나는 콜라를 산 다음 바에 앉아 기다렸다.

그때 스무 살가량의 남자 하나가 들어왔다. 이름이 유시프라는 그 남자는 아흐메드와 곧장 아랍어로 말다툼을 벌였다. 한참

후 유시프가 내게로 몸을 돌려 대마초는 하람*이라고 설명했다.

"유시프, 그만해. 우린 전혀 관심 없으니까." 아흐메드가 말했다. 그러나 유시프는 손짓으로 거칠게 아흐메드의 말을 거부하고는 콜라를 하나 들고 바에 앉았다. 아흐메드의 동생인 그는 알고 보니 무진장 말이 많았고, 얼마 전부터 신자가 되었다고 했다.

그는 갑자기 무슬림이 되니 힘들다고 했다. 늘 어떤 게 할랄**인지 헷갈린다는 것이었다. 예를 들어 자기 엄마가 사용하는 육두구는 하람인가? 남자가 금과 실크를 걸치는 게 하람이라는 거야 물론 안다, 하지만 오른손 약지에 낀 은반지는? 그는 이집트에 있는 파트와*** 서비스에 문의해, 육두구를 소량으로 사용하는 건 할랄이고 은장신구를 남자가 착용하는 건 하람이라는 답을 들었다고 했다. 그런데 인장 은반지의 경우는 할랄이며 단, 실제로 도장을 찍는 데 사용하는 것이라야 한다—어쨌든 알라께서는 다 알고 계시고, 알라의 평화를 빌어주겠다는 말도 들었다. 유시프는 도장 찍을 일이 없었을뿐더러 그의 반지로는 찍을 수도 없었다. 그래서 실크셔츠와 함께 은반지를 서랍장에 넣어버렸다. 그런데 엄마는 여전히 육두구를 강판으로 곱게 갈아서 사용한다고 했다.

* 종교적, 도덕적, 윤리적 금기사항을 의미하는 아랍어.

** '허용된 것'을 뜻하는 아랍어로, 무슬림이 먹고 쓸 수 있는 제품을 총칭한다.

*** 이슬람법의 해석과 적용을 둘러싸고 권위 있는 법학자가 제출하는 의견.

그는 나더러 육두구가 뭔지 아느냐고 물었다.

"그럼 알지. 견과류잖아." 내가 대답했다.

유시프는 계속 떠들어댔다. 수염은 깎지 않고 하루에 다섯 번 무함마드 선지자에게 기도할 거라고, 알라의 평화와 축복이 자기와 함께하기를 바란다고 했다. 기도는 천국으로 가는 열쇠라고, 규칙적으로 기도해야 한다고도 했다. "기도로 악행을 멀리할 수 있거든." 자기는 아침 여명과 해돋이 사이에, 정오에, 오후에, 해넘이 후에, 마지막으로 한번 더 밤에 영혼을 정화하는 기도를 한다고 했다. 그렇다고, 남들보다 먼저 일어나 기도하는 새벽보다 더 좋은 시간은 정말이지 없다고, 기도가 잠보다 낫다고 말했다.

그랬다, 자위도 그만두었다고 했다. "정말이야, 그만뒀어." 그의 말에 바 뒤에 있던 형이 히죽 웃었다.

스텐토프테의 학식 높은 이맘 샤리프와 직접 대면했을 때, 공인된 모든 법률학파에 따르면 자위가 하람이라고 강조했다는 것이다. 하지만 유시프는 특정 경우, 예컨대 간음이 걱정돼 자위하는 것은 하람이 아니지만, 그 경우에도 결혼하기에는 너무 어릴 때만 허용된다는 사실 같은 것이 혼란스럽다고 고백했다. 하지만 자신은 성인이라 결혼할 수 있으니 자위는 절대 금지라고 했다. 이맘은 감각들이 어디서나 포르노 폭탄을 맞고, 온갖 매체를 통해 섹스와 나체를 볼 수 있는 상황에서 젊은 무슬림이 때때로 마주하는 부담에 대해 말했다고 했다. 그러고는 길에서 시선을 내리라고, 마음이 약해지면 코란을 꽉 잡으라고, 코란 외에 다른 책이나 신문은 읽지 말라고, 텔레비전을 보거나 인터넷은 하지 말라고 조언했다고, 그러면 알라가 아름다운 아내라는 상을 내릴 거라고, 하지만 가장 중요한 것은 언제나 기도라고 일러줬다는 것이었다. 유시프는 기도하면 저항할 수 있다는 이맘의 조언대로 온 마음을 다해 기도한다고, 그게 도움이 된다고 말했다.

바 뒤에서 쉴새없이 일하던 아흐메드는 유시프더러 나를 좀 내버려두라고 했다.

"동생은 종교에 완전히 미쳐 있어." 그가 대신 사과했다.

하지만 유시프는 내게 윙크하더니 자기 전화번호를 주겠다고 고집을 부렸다. 더 알고 싶으면 이맘 샤리프와 연결해줄 수 있다고, 그분은 설명하는 재능이 훨씬 더 탁월하다면서.

이제 발레마르도 집에 갈 준비가 되고 해서 우리는 필요한 대마초를 챙겨 그곳을 나왔다.

출근 이틀째 오후도 무사히 지나갔고, 사흘째부터 나는 시간 감각을 완전히 잃어버렸다.

스텐토프테의 건물들 사이에는 찢어진 우산이나 부서진 가전제품, 깨지고 불에 그을린 장난감 등 고장난 물건이 어디나 쌓여 있었다. 우연히 마주치는 아이들은 대부분 막 심은 자작나무를 부러뜨리거나 고장난 라디오를 벽에 던지며 뭔가를 파괴하는 중이었다.

스텐토프테에서 볼 수 있는 전형적인 또하나의 특징은 화재였다. 최소 한 달에 한 번은 뭔가 불탔다. 쓰레기 컨테이너나 자동차, 최악의 경우에는 건물이었다. 레크리에이션 센터는 이미 오래전에 불탔고 남은 것은 화재 현장뿐이었다. 시청을 방화하려는 시도도 두어 번 있었지만 그저 상징적이었거나 서툴렀으므로 불길은 금방 잡혔다.

지금 와서 스텐토프테를 떠올려보면, 그곳은 어디나 증오와 절망이 숨어 있었다. 콘크리트에서 흘러나온 증오는 서서히 몸으로 스며드는 듯했다. 편지봉투에 담겨 시에 배달되고, 고양이 오줌에 젖은 모래 놀이터에서 살아남아, 가보처럼 다음 세대로 전해지는 것 같았다. 그랬다, 증오가 박테리아라면 스텐토프테는 샬레였고, 우리 안에 잠들어 있으나 사는 동안 싹 틔우지 못하게 우리가 막는 씨앗이라면 스텐토프테의 공기는 완벽한 비료였다. 주민들은 불안 때문에 패거리를 짓고 혐오를 다졌다. 내 안에서조차 그런 사실이 느껴졌다. 스텐토프테에 대해 말하자면 인종차별과 양쪽의 뿌리깊은 불신을 빼놓아선 안 되며, 그것이야말로 고층건물에 사는 모든 사람의 삶을 더욱 힘겹게 만들었다. 발레마르는 언젠가 아랍어를 쓰는 젊은이 무리를 지나쳐가면서, 그들은 우리가 하는 말을 알아들을 텐데 우리는 그들의 말을 알아듣지 못하는 게 기분 나쁘다고 말한 적이 있다. 그 사람들이 우리에 대해 말할지도 모른다는 것이었다. 발레마르의 그런 확언은 그가 주장하는 다른 많은 것처럼 멍청한 동시에 사실이기도 해서 나는 뭐라고 대꾸해야 할지 도무지 알 수 없었다. 그 경우를 제외하면 인종차별은 발레마르가 크게 신경쓰는 문젯거리가 아니었다. 스텐토프테에 대한 그의 불쾌감은 이보다 훨씬 더 뿌리깊었다. 그러나 스텐토프테에 이민자들이 우위를 차

지하면서 모든 게 훨씬 더 악화되었다는 그의 의견은 가끔 우리가 그의 부모를 만날 때 제대로 드러났다. 이민자들 이야기가 나오면 나는 싹싹하고 예의바르게 조용히 입을 다물고 있었지만, 한 달이 흐르면서 내 안의 분노와 경멸이 커가는 것을 발견했다. 발레마르의 휠체어가 박살났을 때 처음 든 생각도 '이 빌어먹을 외국인 놈들!'이었다. 큰 소리로 말하지는 않았지만, 만약 내가 십 년 동안 쭉 스텐토프테에 살았더라면……

발레마르의 휠체어가 박살난 일은 메가메트로폴리스 네토 지점에서 일어난 일련의 사건들의 정점을 찍었다. 언젠가 그곳에서 로스트비프를 할인가로 판매했을 때의 일이었다.

"연금생활자들은 로스트비프를 아주 좋아하지. 안 그래?" 발레마르가 내게 물었다.

"아니, 더 연한 걸 좋아해. 붉은 고기는 안 먹어."

"정말 안 먹어?"

"에이, 안 먹는다니까!"

"이제 그만하지!"

"뭘?"

"그렇게 잘 아는 척하는 거."

"알았어."

"자, 이제 진지하게 말해봐. 어떻게 생각해?"

"그 사람들도 로스트비프를 먹을 거야. 아주 환장한다고."

"도우미들은?"

"도우미들도. 특히 그레이비소스랑 작은 감자를 곁들여 먹는다면 말이지."

"그럼 먹어야지."

발레마르는 로스트비프를 쇼핑카트에 던져넣었다.

"오늘 저녁 메뉴에 연금생활자가 올라와 있어?"

"아, 마르타에게 또 함께 식사하자고 물어보면 어떨까 싶어서."

"좋은 생각이야."

"그런데 말이야……"

"뭐?"

"당신, 그냥 홀게르인 척하면 안 될까?"

나는 그러기로 약속했다. 연극하는 건 별로였지만 이 경우는 발레마르가 옳았다.

발레마르에게는 전자식 요리온도계가 있었다. 우리는 올바른 오븐 설정과 적정 온도를 인터넷으로 검색했다. 온도계 탐침을 로스트비프에 꽂고 오븐에 넣자, 병원에 입원한 작은 환자가 연상되었다—그랬다, 정말이다. 부엌이 병원처럼 깨끗하고 디지털 요리온도계 테두리가 흰색이라서 그랬던 것 같다.

발레마르에게 이런 생각을 말하려다가 제때 그만뒀다. 그랬더라면 너무 이상했을 테고, 그래서 여러분에게 말하는 것이다. 그래도 이런 생각을 나누는 건 무척 흥미진진한 일일지도 모른다. 안 그런가? 나중에 오븐을 열었을 때 어떤 생각이 들었는지, 뭐 그런 것. 그곳에는 작은 세상이 놓여 있었다. 기공이 많은 산호 사주沙洲와 비슷하게 생긴, 딱히 뭐라 정의할 수 없는 갈색 스펀지 같은 것이 기름과 물로 이루어진 라바 램프 비슷한 걸쭉한 액체에 잠겨 반짝였다. 그런데—본론으로 돌아가서—서로 나눈다는 것의 경계는 어디인가? 서로 거리를 두고 관찰한다면 우리는 스텐토프테에 대한 의견을 나눌 수 있고, 오랜 시간을 두고 관찰한다면 발레마르에 대해서도 의견을 교환할 수 있다. 하지만 이 시간이 스냅사진에 가까워질수록 사정은 힘들어진다. 변태 같게도 내 눈에 어린 환자처럼 보이는, 아래로 내려뜨는 발레마르 특유의 시선이나, 바로 이 순간 눈에 띄는 얼굴의 커다란 모공 같은 게 그런 스냅사진의 예에 속했다. 또 별로 중요하지 않은 것을 볼 때 아주 짧은 순간 느껴지는 완벽하게 낯선 인상도 서로 나눌 수 없고, 어둠 속의 스텐토프테가 위쪽으로 넓어지는 것처럼 보이던 경험 역시 마찬가지다. 어둠이라는 말이 나온 김에 덧붙이자면—이와는 반대로, 다시 말해 어둠이 만물 위에 외투를 펼친다고 가정하기 쉽지만 그렇지 않았다. 맑고 푸른 하늘 아래서는 전혀 눈에 띄지 않았을 대상들—4층 발코니에 걸린 양탄자 같은 것—이 가로등이 켜지면 눈에 들어왔다. 말하자면 눈길이 위쪽을 향하는 것이다. 나는 약간 비장하게 스스로에게 묻는다. 이렇게 누군가의 시선을 위쪽을 향하도록 만드는 것은 모든 걸 에워싸는 암흑이었을까……?

우리는 마르타를 초대하려고 그 집으로 가서 오 분이나 초인종을 눌렀지만 반응이 없었다. 나는 다시 한번 우편함 틈새로 몸을 숙여야 했다. 집안은 아주 조용했다.

"마르타!" 내가 무릎을 꿇은 채 소리를 질렀다.

"이 노파는 저녁에 절대 나가지 않아, 틀림없이 안에 있을 거야." 발레마르가 말했다.

"창문으로 들여다보자."

창문은 지난번과 마찬가지로 꼭 닫혀 있지 않았다.

"마르타가 좀더 조심해야 할 텐데." 내가 지난번 사용한 나뭇가지로 창문을 올리는 걸 보고 발레마르가 말했다.

"이러면 문제가 생기지 않을까?"

"물론 그렇겠지. 하지만 어차피 마르타는 많은 걸 이해하지도 못하잖아. 그러니 아무나 이 일에 끌어들이는 것보다는 우리가 지금 들어가는 게 낫지 않겠어?"

"그래, 그렇긴 하지…… 난 계단에 앉아서 좀 쉴게."

나는 창문을 넘어 들어갔다. 마르타의 개가 터덜터덜 다가와서는 내 다리에 코를 대고 킁킁거렸다.

노파는 침대에 누워 있었다. 이름을 불러도 대답이 없었다. 가까이 가서 보니 턱이 축 늘어져 있었다. 이불 위로 나와 있는 노파의 팔을 만져보았다. 차가웠다. 나는 현관으로 가서 문을 열었다.

"노파가 돌아가셨어."

부엌에서 개가 낑낑거리는 소리가 들려왔다. 개는 텅 빈 밥그릇 앞에 있었다. 나는 물그릇을 채우고, 찬장을 뒤져 사료 한 봉지를 찾아냈다. 개는 내가 밥그릇에 사료를 쏟는 동안 이미 먹기 시작했다.

발레마르는 침실 문간에 서서 마르타를 바라보았다.

"구급대에 알리는 게 좋겠어." 내가 말했다.

구급차가 마르타를 실으러 왔다. 사이렌이 멋었다. 나는 구급대원에게, 발레마르가 노파네 보조열쇠를 가지고 있었다고 말했다. 구급대원들이 시신을 실어가니 개가 짖기 시작했다.

"개는 어떻게 위로해야 하지?" 발레마르가 물었다.

"모르겠다."

얼마 후 개도 실려갔다.

수습이 끝난 후 우리는 노파네 현관문을 쾅 소리나게 닫고 와서 로스트비프를 먹었다.

"완벽해." 고기를 썰면서 발레마르가 말했다. 마르타의 식기 한 벌은 여전히 식탁에 놓여 있었다—접시와 나이프, 포크와 와인잔. 발레마르는 로스트비프에 곁들이려고 와인도 한 병 산 터였다.

"예전에도 죽은 사람 본 적 있어?" 내가 물었다.

"텔레비전에서만."

"마르타에게 건배!" 나는 그렇게 말하고 잔을 들었다.

"건배!" 발레마르도 화답했다.

"개는 어떻게 될까?" 그가 곰곰이 생각에 잠긴 채 말했다.

"애완동물 보호시설에 가겠지. 안 그래?"

"그러니까 안락사당할 거라고 생각하지는 않는구나?"

"아마 새 주인을 찾겠지."

"너도 개 한 마리 있으면 좋겠어?"

"그렇게 작은 강아지는 싫어."

"개는 다 똑같지 뭐."

"아니, 이왕 기른다면 큰 개가 좋을 것 같아. 하지만 개를 기를 생각은 없어. 당신은?"

"나도."

"그렇게 아무도 없이 혼자 숨을 거두다니 생각도 하기 싫다."

"맞아, 나도 그래…… 발레마르, 마르타는 맛있는 로스트비프를 놓쳤어."

"대마초 한 대 피워야겠다. 당신은 럼코크 마실래?"

"한 모금 마시면 집에 가기 좋겠지."

나는 그와 함께 내내 텔레비전 앞에 앉아 있다가, 어둑어둑한 길을 걸어 역으로 가서 집에 가는 기차를 탔다.

사흘 후 스텐토프테에서 마르타의 장례식이 거행되었다. 우리는 버스를 타고 교회로 갔다. 전형적인 스칸디나비아 건축양식이라고 할 만한 현대식 건물이었다. 안으로 들어가면서 처음에는 마르타의 관을 빼면 교회가 텅 비었으리라 생각했다. 전등은 켜져 있지 않았지만 천장에 난 유리창 덕분에 신도석이 간접조명을 받았다. 밖에서는 어두운 구름을 앞세운 세찬 바람이 불었다. 구름이 해를 가리면 돌연 저녁이 된 것처럼, 또는 누군가 조광기로 장난치는 것처럼 교회 안이 어스름해졌다.

우리는 신도석 한가운데 줄에 자리잡았다. 발레마르가 문 앞의 저 남자가 목사냐고 물어서 나는 아니라고, 아마 교회 관리인일 거라고 대답했다. 그러고 나서 우리는 입을 다물었다. 나는 아무 말이나 해보려고 속삭였다. “주절주절 조잘조잘 키 작은 부목사가 축축 촉촉 자극적인 판지 플래카드를 펄럭거리는 예배당 문에 붙인다.”

발레마르는 아랫입술을 꼭 깨물어야 했다.

뒤쪽에서 거칠고 메마른 소리가 들려왔다. 우리는 몸을 돌렸다. 마지막 줄에 한 남자가 앉아 있었다. 주변에 완벽하게 녹아드는, 거의 투명인간이나 다름없는 남자는 자기 자신의 암흑에 에워싸여 있는 것 같았다. 손수건으로 입을 가리고 있어서 기침을 하는지 우는지 알 수 없었다. 교회 건축을 살피는 척 몇 번 몸을 돌린 나는 웃는 게 거의 확실하다는 생각이 들었다. 하지만 내 말장난을 그가 들었을 리는 없을 테고, 이 농담이 발레마르의 신경을 거슬렀고 내가 너무 멍청했다고 해도 그것 때문에 누군가에게 발작적인 웃음을 일으킬 리도 만무했다. 하지만 다른 한편으로는 죽음과 마주하면 이유 없이 웃음이 날 때도 물론 있다. 발레마르도 몸을 돌려 다시 한번 남자를 흘깃 보았다. 그의 존재는 우리에게 목덜미에 불어오는 외풍처럼 느껴졌다. 그가 일어나 중앙 통로로 걸어나온 덕분에 우리는 그를 좀더 잘 볼 수 있었다. 자신의 흑암을 연기처럼 길게 끌고 우리 옆을 지나갈 때는 곰팡내가 훅 끼쳤다. 그가 옆얼굴을 우리 쪽으로 향하고 관 앞에 섰다. 구름이 해를 가리자 그의 실루엣이 촛불에 일렁거렸다.

구름이 지나간 뒤, 무표정한 얼굴과 검은 옷의 주름이 우리 눈에 들어왔다. 빛과 그림자의 숨바꼭질이 이어졌다. 그가 오른손을 관에 얹자 다시 어두워졌고, 나무 관의 밤색 광채가 지워져 그 남자처럼 검게 보였다. 마치 그가 관에서 색깔을 빼앗은 것처럼.

"빌어먹을." 발레마르가 나지막하게 중얼거렸다.

남자는 우리를 건너다보고 다시 눈길을 내리더니 관에서 손을 거두고 마지막 줄 자기 자리로 돌아갔다. 다시 한번 곰팡내에 숨이 막혔다.

목사가 들어왔다.

예식 자체는 짧았다. 첫번째 노래가 울려퍼지는 동안 조문객이 또 한 명 들어와, 제일 앞줄에 앉아 목쉰 소리로 따라 불렀다. 나는 찬송가를 들여다보며 웅얼거리는 걸로 만족했지만 발레마르는 호흡이 달릴 때까지 맑고 큰 소리로 노래를 불렀다. 마지막 줄의 남자는 아무 소리도 내지 않았다.

관을 멜 목적으로 고용된 여섯 사람이 관을 교회 밖으로 날랐다. 목사는 이제 마르타가 여기서 오 분 거리인 스텐토프테 묘지에 묻힐 거라고, 원하는 조문객은 함께해도 좋다고 알렸다.

영구차는 스텐토프테 변두리를 서서히 움직여 묘지로 향했다. 불길한 분위기를 풍기던 남자는 관이 교회에서 나온 뒤 사라졌지만, 마지막에 온 조문객은 우리와 함께 소박한 행렬의 선두에

섰다.

영구차 뒤쪽 유리, 마르타의 관 위에 비친 그의 모습은 이중 노출처럼 보였다. 남자는 완벽하게 가망이 없는 옷을 입고 있었다. 시간이 흔적도 없이 옆을 스쳐지나가서 이 세상과는 코드가 맞지 않는 사람들이 입을 법한 옷차림이었다. 작은 술이 달린 검은 가죽구두는 반짝반짝 닦여 있고, 붉은색 세로줄이 간 파란색 트레이닝 바지는 나일론이었다. 폭이 넓은 검정 넥타이와 한 번도 입지 않은 듯한 하얀 셔츠 위에 베이지색 니트 재킷을 걸쳤는데, 걷는 동안 재킷 단추 하나가 떨어졌다. 나는 단추를 주웠지만 그에게 건넬 마음은 생기지 않았다—왠지 무의미한 것 같았다—하지만 주먹 쥔 손 안에서 단추가 내내 만져졌다. 그의 대머리는 점으로 가득했고 셔츠 깃은 활짝 열려 있었다. 우리는 의연한 걸음걸이로 텅 빈 거리를 지났다.

나는 이 모든 장례절차를 누가 준비했을까 생각했다. 규모가 더 작았더라도 분명 괜찮았을 것이다. 관뚜껑에는 아무 장식도 없었다. 우리가 뭔가 가지고 오거나, 아니면 아예 여기 따라오지 않는 편이 나았을까. "우리 이제 갈까?" 교회에서 나올 때 내가 물었지만 발레마르는 장례예식이 다 끝날 때까지 있겠다고 고집을 부렸다.

"이왕 왔으니까." 그가 말했다. 그가 내린 결론이자 그 자체로 완벽한 결심이었는데, 발레마르와는 입씨름을 벌이지 않는 편이 낫다는 게 그사이 내가 알게 된 사실이었다.

목사가 작고 무딘 은 삽으로 관에 흙을 뿌린 후 잠시 정적이 찾아왔다. 우리는 흙구덩이를 빤히 내려다보았다. 양떼처럼 하늘을 지나가는 구름이 해를 가리며 여전히 빛의 유희를 펼치고 있었다. 바람이 마르타가 묻힌 무덤가의 자작나무를 흔들었다. 목사의 검은 사제복이 가느다란 다리에 찰싹 달라붙었다.

"내가 몇 마디 하고 싶습니다." 기괴한 차림새의 남자가 입을 열었다.

"오늘 우리는 마르타의 장례를 치릅니다. 바람이 불고 추워요. 마르타는 관에 누워 있으니, 마지막 말도 영영 같이 묻혔습니다. 우리 이야기를 들을 수도 없고 대답할 수도 없습니다. 그러니 우리도 침묵하는 게 가장 좋겠지요. 경험상 나는 침묵이 언제나 최고라는 걸 알지만, 그건 아무에게도 교훈이 되지 못합니다—그걸 경험으로 배우는 사람도 없어요. 그러니 내가 지금 여기 서서 말을 하는 거지요. 하고 싶은 이야기가 있습니다. 청소년 시절 어느 음향 기술자가 내 목소리를 원통형 축음기에 녹음했고 그래서 내 목소리를 들을 기회가 있었는데, 나중에 후회했다는 말을 꼭 해야겠군요. 그때 이후로는 말을 할 때 그전처럼 즐겁지가 않았으니까요. 내 두개골을 통해 듣던 목소리는 축음기에서 쏟아지는 목소리보다 훨씬 조화로웠습니다. 녹음 과정에서 윗입술이 마이크를 스쳐 상처가 났는데, 그 맛이 내내 기억에 남았답니다. 음향 기술자의 얼굴은 이미 오래전 기억에서 사라졌지만, 마이크의 맛과 바보 같은 내 목소리가 울릴 때 느꼈던 소름끼치는 감정은 죽는 날까지 못 잊을 겁니다. 자연이 나를 배려해서 숨겨둔 울림이었을 텐데 말이지요. 말을 할 때마다 입술이 마이크를 스쳤을 때의 금속성 피맛을 떠올립니다." 그는 말을 멈추고 무덤을 내려다보더니 니트 재킷에 남아 있는 단추들을 몇 번 돌리고는 다시 말을 이었다.

"죄송합니다. 말이 옆으로 샜어요. 나는 내 이야기밖에 모르는 노인입니다. 하지만 우리는 자기 이야기를 하는 사람들에게 귀기울여야 해요. 그들의 말은 사실 보편적이니까요. 평생 내 이야기만 하고, 잠시 말을 하지 않을 때는 역시 자기 이야기만 하는 상대에게 귀기울인 결과 이런 깨달음에 이르렀습니다. 나는 마르타나 다른 모든 사람과 마찬가지로 죽을 운명입니다. 우리는 이야기를 할 때, 그렇게 들리지 않을 수도 있지만 죽음에 관한 이야기를 가장 많이 합니다. 그러니 우리가 자신에 대해 말하든 다른 사람들에 대해 말하든 상관없습니다. 결국은—이것이 내 굳은 신념인데—죽음에 대해 말하는 것이니까요. 마르타는 이제 수고를 하나 덜었습니다. 죽은 자들은 서로 잡아먹지 않아도 되니까요. 스스로 잡아먹히는 날까지 서로 잡아먹는 살아 있는 우리와는 다르게요. 나는 그냥 이 말이 하고 싶었습니다…… 마르타, 편히 쉬기를. 그리고 아래 있는 벌레들아! 맛있는 식사를 하길!"

묘지를 나온 우리는 둘 다 갇혀 있는 느낌을 더는 견딜 수 없어서 걸어가기로 했다. 엄밀히 말하면 나만 걷는 거였지만, 우리는 늘 걸어간다고 말했다. 멀리 돌아가는 버스 노선을 따라 걷는 대신 기하학적으로 볼 때 스텐토프테의 중심가에 해당하는 곳을 가로질렀다. 발레마르의 휠체어는 이따금 충전해야 하는 축전지로 움직였다. 장례식 전날 나는 발레마르에게 물었다.

"휠체어 충전해야 하지 않아?"

"필요 없어." 그가 대꾸했다.

"내일 시내에 갈 거잖아."

"그 정도는 충분히 남았어."

"그냥 플러그만 꽂아, 그러면 확실하잖아."

"내일 충전할 거야."

"하기 힘들면 내가 할게."

"힘들지 않고, 충전할 필요도 없어."

충전하려는 의지가 없어 보여서 나는 기운이 빠졌다. 내가 보기에는 무신경이거나 게으름이었다. 자발적으로 최소한의 일도 하지 않는 이 능력 부족은 어쩌면 만성 우울증이 이유인지도 모른다. 자리에서 일어나 플러그를 꽂는 거야 어쨌거나 대단한 일은 아니지 않은가—발레마르처럼 온갖 질병이 있는 사람에게조차 말이다. 아니, 어쩌면 힘들까? 어쩌면 소파에 앉아, 내가 대신 해주겠다는데도 거절하는 발레마르의 피로를 건강한 사람은 정말 이해하기 힘들지도 모르겠다—그 자신은 할 수 없는 일을 순식간에 해치워서 그에게 모멸감을 주는 건강한 사람은.

짧게 말해서 휠체어는 돌아오는 길에 스텐토프테에서 퍼져버렸다. 맞바람이 불고 있었는데, 바람이 잦아들면 집으로 돌아갈 만큼 전기가 충분할지도 모른다는 생각이 불쑥 들었다. 하지만 바람은 멈추지 않았고 우리는 점점 더 느려졌다.

끝내 휠체어는 걷는 속도에도 못 미치게 되었고, 나는 멈춰 서서 발레마르를 기다려야 했다. 발레마르는 아무 말도 하지 않았다. 결국 휠체어는 작동을 완전히 멈췄다.

"이제 어떡하지?"

"기다려야지."

"기다려?"

"좀 쉬면 조금 더 움직이기도 해."

잠시 기다린 후 발레마르가 다시 시동을 걸었다. 휠체어는 천천히 움직이다가 10미터쯤 가서 또 멈췄다.

"내가 밀어볼까?"

"잠깐만."

우리는 기다렸다. 발레마르가 다시 시동을 걸었다. 이번에는 겨우 1, 2미터 가다가 멈췄다.

아주 세찬 맞바람이 불어, 내가 미처 몸을 돌리기도 전에 눈에 뭔가 들어갔다.

"위 눈꺼풀을 아래 눈꺼풀 위로 당겨."

"그래, 고마워. 오래된 민간요법이지."

"빠졌어?"

"몰라. 끔찍하게 따가워. 아니, 잠깐. 이제 됐다."

"휠체어가 움직이기 싫대."

"그럼 내가 밀게."

"안 돼."

"안 된다고?"

"휠체어가 좀 이상해. 시동이 안 꺼지네."

"그러니까 그냥 밀면 안 돼?"

"응."

"내가 한번 해볼게."

나는 최선을 다했지만 휠체어는 느릿하게 윙윙대는 소리를 내며 달팽이 같은 속도로 전진했다. 나는 젖 먹던 힘까지 짜내 밀다가 몇 미터 못 가서 그만뒀다.

"당신은 지금 모터랑 반대로 밀고 있어. 여기 이 스위치가 말썽이야. 작동을 안 해."

발레마르가 스위치 하나를 올렸지만 소용없었다. 그렇게 우리는 바람 부는 황량한 스텐토프테에서 꿈쩍 않는 휠체어와 함께 오도 가도 못하는 신세가 되었다. 작열하는 태양이 지평선에 점점 더 가까워지고 있었다. 풀밭에 앉아 있던 청소년 무리가 우리를 발견하고는 대화를 멈췄다.

"휠체어를 충전하는 게 뭐가 그리 어려운지 이해가 안 가!"

발레마르는 아무 대꾸도 하지 않고 뚱한 표정으로 앞만 노려보았다.

"그 스위치, 언제부터 고장이었던 거야?"

"벌써 한참 됐어."

"이제 어쩌지?"

"나머지는 걸어가자."

발레마르가 일어났다.

"휠체어는?"

"여기 그냥 둬야지."

"여기 스텐토프테 한복판에 그냥 두는 게 현명한 일인가?"

"당연히 아니지. 그래도 이제 집에 가고 싶은걸."

우리는 인도를 걸어내려갔다. 길 한쪽은 주택가, 다른 쪽은 풀밭이었다. 청소년들이 우리에게 다가왔다. 나는 돌아보지 말자고 마음먹었다. 발레마르도 그들에게 신경쓰지 않았다.

"우아, 저 남자 휠체어를 고철처럼 버렸네." 뒤에서 외치는 소리가 들렸다. 나는 어쩔 수 없이 흘낏 뒤돌아보았다. 아이들이 휠체어를 에워싸고 있었다.

우리는 스텐토프테의 자비심에 휠체어를 맡기고 모퉁이를 돌았다. 발레마르가 사는 블록까지는 2킬로미터쯤 남았다.

"지금부터 말 안 할래. 숨을 아껴야 해." 발레마르가 말했다.

"알았어."

처음에는 꽤 괜찮았다. 발레마르는 힘겹게 숨을 내쉬며 노인처럼 천천히 움직였다. 나는 바지 주머니에 든 휴대전화를 꺼내지 않고 그냥 만지작거리며, 마지막으로 충전한 게 언제인지 기억해내려 애썼다—겨우 이삼일 전이었다. 삼십 분 동안 찾던 충전기가 내내 콘센트에 꽂혀 있었는데 그 일 덕분에 기억이 났다. 휴대전화가 충전되어 있어서 다행이었다. 발레마르가 쓰러지면 최소한 도움을 요청할 수는 있을 테니까.

그런 상황이 닥치면 나는 분명히 발레마르를 업을 수도 있을 거라고 생각했다.

"부축이 필요하면 말해."

발레마르는 거절하는 손짓을 했다. 일종의 최면상태로 아스팔트만 노려보는 그는 쉴새없이 다리를 번갈아 움직여 온갖 통증을 서서히 사라지게 하는 마라톤 선수 같았다.

돌아오는 데는 사십오 분이 걸렸다. 이미 어둠에 묻힌 건물 전면부의 유리창들이 노란 사각형처럼 도드라져 보였고, 풀밭은 침투할 수 없는 심연이었다. 바람이 가라앉고, 구름은 고래처럼 하늘에 걸려 있었다. 고래의 배는 가라앉는 스텐토프테가 내뿜는 죽은 빛을 받아 반짝였다. 나는 축전지 문제로 무진장 화가 났지만, 집까지 걸어온 발레마르가 진짜 죽기라도 할까봐 겁이 나서 비꼬는 걸 그만뒀다. 임종이 다가온 사람이 잔소리까지 들을 필요는 없지 않은가. 그러나 휠체어 생각에 마음이 편치 않았다. 휠체어가 밤새 바깥에 있다고 상상하니 견딜 수 없었다. 나는 내 소지품을 간수하는 데 탁월한 감각이 있었다. 그랬다, 주변에 물건을 어질러놓는다고 생각만 해도 불쾌했다. 뭔가 남겨놓았다는, 뭔가 놓쳤다는 그 모호한 느낌. 내 집을 가진 적은 없지만, 만약 생긴다면 혹시라도 이슬과 어둠에 내던져진 채 풀밭에 남아 있는 건 없는지 확인하려고 매일 저녁 정원을 한 바퀴 돌 것이다. 그래서 그날 저녁 침대에 누워서 떠올린 마지막 생각은 밤의 어둠 속 스텐토프테 인도에 서 있는 휠체어였다.

집 앞에서 발레마르는 열쇠를 떨어뜨리고 그 옆에 주저앉았다. 나는 열쇠를 집어 문을 열고 나서 급히 다시 달려갔고 발레마르의 겨드랑이를 부축하고 들어와 소파에 앉혔다. 그는 깃털처럼 가벼웠다.

"나 잠깐 누워야겠어." 그가 이렇게 말하고 눈을 감았다. 나는 좀 당황해서 그의 맞은편 의자에 앉았다. 발레마르는 힘겹게 숨을 쉬었다. 소파 등받이에 걸친 팔이 덜렁거렸다.

"럼코크 한잔 마셔야겠어." 그렇게 걷고 난 다음에는 나도 영혼을 위로할 뭔가가 당연히 필요하다는 듯이 내가 말했다.

다시 가봤더니 발레마르가 눈을 뜨고서 마지막으로 이렇게 멀리 걸은 게 삼 년 전이라고, 더 긴 거리는 견디지 못한다고 말했다.

"통증이 있어?"

"온몸 근육이 다 아파. 심장이 따끔거리고 숨을 제대로 못 쉬겠어. 하지만 곧 괜찮아질 거야…… 빌어먹을 축전지!"

집에 돌아와 텔레비전 앞에서 저녁을 먹고 있는데, 화면에 호콘이 불쑥 나타났다. 나는 포크를 입 앞에 들어올린 채 그대로 멈추었다. 흙과 화강암으로 헤르닝에 500미터 높이의 인공 산을 만든다는 계획이 보도됐다. 호콘에 이어 헤르닝 출신 정치인이 입장을 밝혔다. 그는 프로젝트를 홍보하면서 크게 생각하고 뭔가 감행할 용기를 내야 한다고 열을 올렸다.

"잘못된 겸손에 굴복당하면 안 됩니다. 헤르닝에는 산이 생겨야 합니다!" 그가 우렁차게 말했다.

힘멜비에르게트 정상에서 진행한 실케보르 출신 정치인의 인터뷰도 나왔다. 그는 헤르닝에 산을 만든다는 계획에 반대했다. 그러고는 일기예보가 이어졌다.

다음날 아침, 발레마르에게서 문자메시지가 왔다. 병원에 입원했다며 휠체어를 가져다달라는 부탁이었다. 원래 그 일을 맡은 사람은 주말이 지나서야 가지러 갈 수 있다고 하는데, 바깥에 그렇게 오래 세워둘 수 없다는 거였다. 발레마르가 입원한 이유는 메시지에 없었지만, 상태가 너무 나빠 주의가 필요할 경우 이따금 입원한다는 얘기를 전에 한번 한 적이 있었다.

나는 반뢰세에 있는 휠체어센터에서 보조축전지를 산 다음 스텐토프테로 갔다. 휠체어는 우리가 둔 그 자리에 있었다. 좌석은 찢어지고, 단단하게 붙어 있지 않던 것들은 모조리 뜯겨나간 상태였다. 바닥은 누군가 고의로 밟아 깨뜨린 번쩍이는 반사판 조각 천지였다. 그래도 휠체어는 별 성의 없이 대충 부숴놓은 상태였다. 축전지를—휠체어센터 직원의 꼼꼼한 지시에 따라—새로 넣었더니 움직였으니까. 얼마나 품질이 좋은지! 조종스틱의 플라스틱 공과 시동을 켜고 끄는 버튼은 사라졌고 조종스틱에는 구멍이 났지만 어쨌든 작동했다.

처음에는 옆에서 걸어가면서 휠체어를 조종해보려고 했지만 첫번째 커브에서 이미 포기하고 좌석에 앉았다. 이렇게 이른 아침의 스텐토프테는 쓸어낸 듯 텅 비어 있었다. 공기는 차갑고 알싸했다. 삭막함은 아스팔트 위에 짙게 드리운 스모그와도 같아서, 휠체어에 앉아 숟가락으로 뜰 수 있을 것만 같았다. 나는 발레마르의 집으로 가서 보조열쇠로 문을 열고 휠체어를 현관에 세운 다음 실내를 한 바퀴 둘러보다가 깔끔함에 다시 한번 놀랐다. 오늘 중으로 발레마르에게 문병을 가기로 마음먹었다.

병원 엘리베이터를 타고 11층으로 가서 음식 냄새가 풍기는 복도를 내려갔다. 발레마르는 침대에 누운 채 옆 침대 남자—이십대 후반으로 보이는 둥글둥글하고 솔직하고 유쾌한 인상의 덩치와 철권 게임을 하고 있었다. 남자가 들고 있는 조종기가 인형처럼 자그마해 보일 지경이었다. 그가 너무 흥분해서 게임을 하는 통에 마치 소변을 참는 것처럼 침대가 삐걱댔다.

"빌어먹을! 빌어먹을, 빌어먹을, 빌어먹을." 그가 계속 고함을 질렀다.

"이제 넌 끝장이야." 발레마르가 말했다. 그는 침대에 꼼짝 않고 누워 벽에 걸린 모니터를 집중해서 보며, 잿빛 수염이 난 작은 남자 캐릭터를 조종하고 있었다. 그 캐릭터는 물구나무를 서서 상대의 머리를 몇 번 걷어차 순식간에 싸움을 끝냈다. 폭발음 같은 박수 소리가 들리더니 적수가 신음하며 주저앉았다. 발레마르 옆 침대 남자가 긴장을 풀자 침대도 삐걱거림을 멈췄다. 그는 리모컨을 들어 텔레비전을 끄고는 마지막으로 한번 더 "빌어먹을"을 외쳤다.

나는 문틀을 노크했다.

"어, 헤르베르트. 우리 손님이 왔네."

헤르베르트는 베개 두 개를 받쳐 가만히 뒤로 기대고서 자신의 패배를 곱씹듯이 허공을 노려보았다. 그러고는 무슨 생각을 하다가 깨어났는지 어쨌든 내게 인사를 건넸다. 나도 인사를 하고 창가로 다가가 도시와 바다를 내려다보았다. 수평선에는 하늘과 바다라는 은회색 나사 바이스에 낀 스웨덴이 보였다.

"저기 스웨덴이 있어." 내가 말했다.

"아직도?" 발레마르가 대꾸했다.

헤르베르트도 침대에서 몸을 일으켜 확인하더니, 언젠가 말뫼에서 먹어봤다는 고라니 샤와르마에 대해 수다를 떨기 시작했다. 그는 이제 곧 조직검사를 앞두고 있어서 예민해 보였다. 쉴 새없이 떠들어대는 와중에, 특히 자선단체에서 만났다는 여자친구 이야기를 폭포수처럼 쏟아내는 걸 보니 그랬다. 내가 이해한 바로는 꽤 감동적이었다. 그가 상스러운 말로 빼끗 새서 퇴원하면 그녀를 본격적으로 쑤시겠다고 강조하지만 않았더라면. 그는 집에 가면 쑤실 일이 있느냐는 질문을 던져 발레마르를 대화에 끌어들였다. 발레마르는 아니라고 대답하고는 화제를 돌렸다. 얼마 지나지 않아 간호사와 간병인이 헤르베르트를 데려가기 위해 휠체어를 밀고 병실로 들어왔다.

"걷는 거 문제없어요." 헤르베르트의 말에 간호사는 진찰이 끝나 어디에 이상이 있는지 알기 전까지는 타고 가는 게 좋다며 반대했다. 헤르베르트는 환자복을 걸치고 휠체어에 앉았다.

"이런 여행은 처음이야." 간병인이 휠체어를 밀자 헤르베르트는 그렇게 말하고는 간지러운 듯이 킥킥댔다. "거기 두 사람, 안녕. 나 이제 진찰받으러 내려가." 문밖으로 나갈 때 다시 한번 그의 얼굴에 상념에 잠긴 표정이 나타났다.

발레마르는 나가고 싶어했다. 일어나 잠옷 위에 파카를 걸친 다음 신발을 신고 침대 옆에 있는 휠체어에 앉았다.

우리는 아래로 내려가는 엘리베이터를 탔다. 1층에서 내릴 거라는 내 생각과 달리 지하로 계속 내려갔다. 나는 발레마르의 휠체어를 밀며 끝없는 복도를 지나, 지하 화물적재구역과 연결되는 작은 문까지 갔다.

"여기가 대마초 피우기 좋아."

"의사들은 뭐라고 하는데?"

"진찰은 끝났어. 내일 퇴원해도 돼. 의사들은 내가 집에 가자마자 다시 기절할까봐 여기에 하룻밤 더 두는 거야."

"뭐 새로운 얘기 들었어?"

"상태가 지난번보다 더 나빠졌다는 사실만. 하지만 그거야 나도 이미 알아."

남자 두 명이 빈 받침대 몇 개를 화물차에 실었다. 춥고 공기가 습했으며 빛이 점점 희미해졌다. 발레마르는 의기소침해 보였다. 나는 무슨 말을 해야 할지 몰랐다. 그래서 우리는 그냥 남자들을 지켜보았다.

"한 모금 할래?"

"그러지 뭐." 나는 축축한 대마 담배를 물고 연기를 깊이 들이마셨다가 다시 내뱉었다. 연기는 눅눅한 공기 속에 구름처럼 걸렸다가 문에 밀려 풀어졌다. 대마초의 효과는 즉각 나타났다.

발레마르는 작은 구름을 뒤로 내보내고는 허공을 노려보며 말했다. "나는 남자친구도, 여자친구도 없어. 가족은 나랑 시간을 보내려 하지 않아. 부모님은 내 앞으로 시에서 정기적으로 나오는 돈을 받는 동안만 나에게 관심이 있었고."

"발레마르, 그건 좀 오버야."

"부모님이 나를 금덩어리라고 부르던 게 아직도 기억나. 얼마 전에야 깨달았는데……"

"……말 그대로였다는 걸?"

"응."

"지금 모든 게 비관적으로 보이는 건 병원 분위기와도 관련있지 않을까?"

"글쎄, 스텐토프테도 그리 인기 있는 곳은 아니지."

남자 둘은 화물차에 짐을 다 싣고는 요란하게 떠났다.

"그거 알아? 우리 떠나야 해."

"어디로?"

"흠, 나도 몰라. 어쨌든 그냥 훌쩍 떠나야 한다고."

"어쩌면 시에 비용을 청구할 수 있을지도 모르겠다."

"그래, 시에든 다른 누구에게든."

"스웨덴으로 가는 건 어때?"

"으음, 난 사실 훨씬 더 먼 곳을 생각했는데. 어디 따뜻한 곳 말이야."

"자동차로 하르츠에 간 적이 있어. 부모님이랑. 정말 멋진 휴가였지."

"하르츠는 안 돼!"

"아니, 아니. 하르츠에 가자는 게 아니야. 자동차 말이지—차를 타고 여행가는 거. 앉아서 창밖을 내다보고…… 그런데 나 운전면허가 없는데."

"내가 있어. 그러니까 이제 자동차만 있으면 되겠다."

"어쩌면 시에서 지원금이 나올지도 몰라."

"이제 시 이야기 좀 집어치워!"

"시, 시, 시." 발레마르는 쉴새없이 반복하며 대마초를 빨았다. 나는 떠난다는 생각이 그에게 활기를 불어넣었다는 걸 알아챘다.

"나무로 만든 큰 난쟁이가 서 있었어."

"어디에?"

"어디긴, 하르츠에 있는 호텔 앞이지."

"하르츠 얘기 이제 지겹다!"

"산과 보라색 꽃으로 뒤덮인 초원이 있었고, 나는 목에 방울을 단 암소 등에 올라탔어."

"아이고, 이봐. 남쪽으로 가고 싶다면 알프스를 넘어도 돼. 넌 거기서 분명 암소도 탈 수 있을 거야."

"나는 다른 곳은 절대 가기 싫고, 하르츠만 가고 싶어."

"하지만……"

"아니, 하르츠로 가자!"

"흥분하지 마!"

"하르츠로, 하르츠로, 하르츠로." 발레마르는 어린아이처럼 칭얼거렸다.

나는 그를 내려다보았다. 그는 앞을 바라보며 미소 지었다.

"나를 놀리는군!"

그가 대마초를 내밀었다.

"빌어먹을, 우린 스텐토프테를 벗어나야 해!" 나는 그렇게 말하고 연기를 다시 내뿜었다. "그것도 당장!"

그러나 며칠 후에도 우리는 여전히 스텐토프테에 있었다. 날씨가 점점 더워져서 콘크리트 미로를 지날 때면 재킷 단추를 끌러야 했다. 부러지거나 타지 않은 자작나무에는 작은 초록색 봉우리들이 맺히고, 발레마르네 부엌 창밖 풀밭도 초록으로 물들었다. 이런 발아와 개화는 우리를 좀 건드려, 마음속에 먼 곳을 향한 동경을 심었다. 병원에서의 그날 저녁 이후 나도 그도 여행 계획을 다시 화제로 꺼내지 않았으므로, 소파에 앉아 함께 텔레비전을 보고 있을 때 우리 사이에는 말하지 않은 뭔가가 남아 있었다. 서로 약간 서먹했고, 각자 확실하게 의견을 말하고 난 뒤여서 얘기를 재차 하기가 어려웠다. 마치 술에 취해 지나치게 과감한 계획을 세운 느낌이었다.

텔레비전에서는 운동복 차림의 두 여자가 평균대 위에서 로빈 후드와 리틀 존처럼 싸우며 상대를 아래 깔린 매트리스로 떨어뜨리려고 애쓰는 중이었다. 두 여자는 양끝에 빨간색과 파란색 공이 달린 막대로 무장했는데, 너무 무거워서 시원찮게 밀거나 가볍게 치는 공격 정도밖에 할 수 없었다. 한 여자가 균형을 잃을지도 모르는 위험을 감수하고 결정적인 한 방을 먹였지만 도리어 자기가 매트리스로 떨어졌다. 평균대에 남은 여자는 원숭이 흉내를 내는 세리머니를 했다.

"짜증나!" 나는 그렇게 말하고 채널을 돌렸다. 이 특권—발레마르와 똑같이 채널을 바꿀 권리는 일을 시작한 지 두어 주 후에 이미 얻었다. 제때 가까스로 채널을 돌린 결과, 하관이 넓은 남자가 기쁨의 눈물을 흘리는 가족과 함께 반짝반짝 빛나는 새집으로 들어가는 장면을 볼 수 있었다. "오 마이 가아앗!" 남자가 부엌문을 열었을 때, 우리는 주부와 함께 이구동성으로 외쳤다.

"오 마이 가아아아아앗!" 발레마르는 뭔가에 찔리기라도 한 것처럼 불쑥 다시 한번 울부짖더니 부리나케 화장실로 달려가 문을 열고 신음했다. "오 마이 가아앗!" 나도 뒤따라가서 그가 요란하게 토해놓은 걸 어깨 너머로 보고 같이 "오 마이 가아앗!"을 외쳤고, 머리를 움켜쥔 채 미친듯이 냉장고로 달려가 "오 마이 가아아아앗, 오 마이 가아앗, 오 마이 가아앗" 하며 낑낑거렸다. 발레마르가 뒤따라 달려와 찬장 문을 차례로 모두 열어젖혔다. 문을 열 때마다 우리는 매번 다른 음 높이로 "오 마이 갓!"을 외쳤다. 나는 찬장 안의 내용물을 보고 기절이라도 하듯이 두성을 써가며 비명을 질렀다. 발레마르가 코코팝스와 오래된 밀가루 봉지가 들어 있는 찬장 문을 열었을 때, 내 목소리는 공포영화에서 들리는 듯한 소름끼치는 속삭임으로 변했다. 찬장 문을 다 열어젖힌 후에야 우리는 드디어 흥분을 가라앉히고 심호흡을 했다. 나는 냉장고 문을 다시 닫았다. 발레마르는 기운을 많이 써버려 몹시 창백했다.

"나, 앉아야겠어." 그가 헉헉대며 말했다.

"뭐 좀 가져다줄까?"

"물 한잔 부탁할게. 고마워. 눈앞에서 눈보라가 휘날리네."

그는 거실에, 나는 아직 부엌에 있었다.

"럼코크 한잔 마실래?"

"당신은?"

"왜 아니겠어?"

"그럴 전문가라면 그렇게 말했겠지."

"바로 그거야."

'그럴 전문가라면 그렇게 말했겠지'는 시간이 지나면서 우리가 즐겨 쓰게 된 관용구였다. 우리 중 한 명이 "왜 아니겠어?"라고 말하면 다른 한 명은 "그릴 전문가라면 그렇게 말했겠지"라고 대답했다. 가끔은 "그릴 전문가라면 뭐라고 할까?" 정도로 만족하기도 했다. 그 말은 콘크리트 슬럼가 끝의 작고 낮은 건물에 있는 '플라톤의 피자와 그릴'에서 탄생했다. 우리가 점심때 이따금 피자를 주문하는 곳이었다. 발레마르는 언제나 '바이킹' 피자에 올리브를 많이 얹어달라고 했는데, 우리가 '그릴 전문가'라고 부르는 직원은 그럴 때마다 "왜 아니겠어요?"라고 대꾸했다. 나는 '왜 아니겠어?'라는 말을 듣지 않으려고 매번 메뉴판에 있는 대로만 주문했다.

"그럼 이제 영혼의 소소한 위로제를 한잔 부어줄게." 나는 부엌에서 소리쳤다.

예전에 있던 술은 내가 다 마셔버려서 발레마르에게 럼주 한 병을 새로 사다주었다. 발레마르는 언제나 음료를 좀 비축해두어서, 자기는 거의 마시지 않는데도 냉장고에 이런저런 탄산수가 다양하게 구비되어 있었다. 하나가 없어지면 발레마르는 냉장고에 같은 종류가 세 개 더 있어도 다음날 당장 새로 하나를 사왔다. 나는 그걸 '배터리'라고 불렀다. 발레마르가 장바구니에 음료수를 담으면 나는 "흠, 배터리를 또 채워야 해?"라고 말했고, 그는 "응, 정말 그래야 할 거 같아"라거나 "빌어먹을, 그래야 해"라거나 "그렇고말고"라거나 그냥 "탄산수를 좀 사야 해서"라고 말했다. 내 생각에 그는 똑같은 주제를 다양하게 바꿔 이야기하는 데 재미를 느꼈던 것 같다. 그랬다, 그는 장난스럽게 구는 걸 즐거워했다.

텔레비전에서는 요리 방송이 막 나오고 있었다.

"아, 싫다." 발레마르가 말했다.

잠시 후 그가 책상으로 가서 컴퓨터를 켰다. 그러고는 한동안 그 앞에 앉아 있더니, 내가 옆을 지나가자 급하게 대화 창을 닫았다.

"무슨 짓을 하는 건데?" 궁금해서 내가 물었다.

"아무것도 안 해." 발레마르는 짤막하게 대꾸했다.

어느 날 우리가 다시 텔레비전 앞에 함께 앉아 있을 때, 불현듯 나는 화면에서 손이 하나 튀어나와 목을 조르는 느낌을 받았다. 헤르닝에 관한 심층 취재 보도가 진행중이었다—그곳에 산을 만드는 일은 이미 시작된 터였다. 호콘은 카메라 앞에서 이리저리 춤추듯 움직이고 요란한 몸짓을 해가며 이건 정말 굉장한 일이라고, 믿을 수 없을 정도라고 말했다. 건축가도 화면에 나타나서는 이 산이 헤르닝과 그 주민들과 주변에 어떤 의미를 가지는지 설명했고, 흥분한 채 잔뜩 허세를 부리며 등장한 토목기사는 건축 방식과 사용된 자재에 대해 이야기했다. 그러나 이 보도는 장점만 보여주는 게 아니라, 앞으로 집이 산그늘에 덮이게 되어버린 가족의 이야기도 전했다. 아내와 어린 딸, 팔에 안은 아기와 함께 집 앞에서 포즈를 취한 가장은 살 사람만 나서면 집을 팔아야겠다고 말했다.

그날 나는 몸을 질질 끌고 집에 돌아와 소파에 털썩 주저앉았다. 그 산은 나에게 한없이 깊은 절망과 불안을 불러일으켰다.

측선으로 밀려난 느낌이었다. 호콘에게는 산이, 나에게는 스텐토프테의 장애인이 있었다. 내 일자리는 예전과 마찬가지로 일시적이라고 말할 수 있지만, 종착역 같을 뿐 전망이 밝은 미래로 가는 도약판이라고는 생각되지 않았다. 너무 큰 절망감이 밀려와 숨이 막힐 지경이었다. 게다가 인공 산처럼 말도 안 되게 웃긴 일이 호콘 같은 우울증 환자를 움직이게 한다는 것이 더 기분 나빴다.

나는 사라에게 전화를 걸려고 했다. 휴대전화를 주머니에서 꺼내고 나서야, 그녀에게 더는 연락하지 않기로 했다는 데 생각이 미쳤다. 그래서 하지 않았다. 왜 그랬는지는 모르겠다. 사라에게 전화할까 말까 고민한 건 이때가 마지막이었다.

잠들기 직전에 산이 떠올랐다. 엄청난 폭우가 쏟아지는 가운데 산은 헤르닝 위로 높이 솟아 있었다. 호콘이 악마처럼 히죽거리며 하늘로 팔을 뻗치고 선 산 정상에 번개가 쳤다. 산발치에서 뛰어다니는 말들 주위로는 불길이 날름거렸다.

발레마르는 다음날 아침에도 컴퓨터 앞에 앉아 몰래 뭔가 하면서, 뭘 그리 열심인지는 쩨쩨하게 알려주지 않았다.

그것 말고는 별일 없이 하루하루가 흘러갔다. 우리는 메가메트로폴리스와 백개먼 클럽에 갔고, 이따금 전자제품을 사러 차를 타고 코펜하겐 중심가에 나가기도 했다.

어느 날 저녁 나는 노트북을 앞에 두고 앉아, 냉동 라자냐를 먹으며 인터넷판 신문을 읽고 있었다. 평소와 다름없는 쓰레기 같은 뉴스들이었는데 그중 머리기사 하나가 관심을 끌었다. "폭발하는 허브 레물라드에 대한 경고"였다. 기사를 클릭했다. 어느 상점에서 발효된 허브 레물라드 양동이 여러 개가 폭발해서, 앞으로 또 노란색으로 뒤범벅되는 일이 발생하지 않도록 배달을 중단했다고 한다. 오른쪽 사진들 옆에는 음식 관련 기사 목록이 링크되어 있었는데, 다음과 같은 표제였다.

가짜 잣 미각신경 마비시킨다

배설물에 오염된 과일 덴마크인을 병들게 한다

냉동피자에서 유릿조각 발견

캔 음식을 직접 요리했다며 내놓은 음식점

낙원 럼 볼 속에서 쥐똥 나와

특히 마지막 링크가 머릿속을 떠나지 않아서, 나는 저녁 내내 "낙원 럼 볼 속에서 쥐똥 나와"를 읊조렸다. 그 조합은 네토에서 파는 번쩍이는 냉동 닭, 나풀거리는 얼음 같은 연기에 에워싸인 그 냉동 닭과 비슷한 데가 있었다. 그래서 잠들기 전 건성으로 중얼거린 기도문도 "낙원 럼 볼 속에서 쥐똥 나와"였다.

다음날 아침, 스텐토프테로 가는 길에도 만트라처럼 이 문장을 반복했다. 내가 매일매일 맺는 사회적 관계는 발레마르가 유일해서 그에게도 얘기해주었다. 하지만 반응은 그다지 신통치 않았다.

나는 집안 청소를 마친 후 컴퓨터 앞에 앉아 '낙원 럼 볼'을 검색했다. 럼 볼 공장이 롤란섬에 있다는 사실만으로도 웃다가 눈물이 날 지경이었다. "공장이 롤란섬에 있대. 하필이면 롤란섬이야. 아이고, 아이고. 말도 안 돼. 지구의 똥구멍에 있잖아"라며 내가 껄껄대고 숨을 헐떡이며 눈물로 가려진 시야로 모니터를 가리켜 보이자 발레마르도 웃음을 터뜨릴 수밖에 없었다. 그 사실이 얼마나 천재적인지 불현듯 깨달은 것이다. 아니, 정확하게 말하자면 너무 바보 같아서 천재적일 수 있는 셈이었다.

그후 우리가 자주 쓰는 표현 레퍼토리에 "진짜 낙원 같다"는 말이 추가되어 온갖 경우에 사용되었다—스텐토프테의 어느 공원에 있는 정말로 밥맛없게 지저분한 공중화장실이나, 덤불을 장식한 깃발 같은 화장지, 발레마르가 직접 만든 핫도그도 진짜 낙원 같을 수 있었다. 발레마르는 여름 원피스를 입고 자전거를 타는 소녀뿐 아니라 도로에 커다란 초록색 가래덩이를 뱉는 노숙자도 곧장 진짜 낙원 같다고 표현했다. "으음, 진짜 낙원 같은걸. 방금 롤란섬에서 나왔어." 그가 처음에는 숨은 유머를 이해못했던 그 말이 즐겨 사용하는 표현 목록의 꼭대기를 차지하게 되었다. 물론 남들이 듣기에는 완전히 꼬인 말이었지만 우리는 말장난을 즐겼고, 과장되고 공허한 이름과 건강을 해치는 럼 볼의 대비는 우리가 매일같이 맞닥뜨리는 온갖 멍청한 상황을 정확하게 요약해서 보여주었다.

이런 종류 가운데 또하나의 총아는 "옆으로 자는 사람들을 위한 높은 베개"였다. 이케아에 갔을 때 침구류 매장의 무진장 멍청한 다이어그램을 통해 우연히 알게 된 표현인데, 그 다이어그램을 보면 등을 대고 눕거나 엎드리거나 옆으로 눕는 등 잠을 자는 방식에 따라 어떤 크기의 베개가 필요한지 알 수 있었다. 우리는 이 표현을 늘 사용했다. 그랬다, 일시적으로 "진짜 낙원 같다"를 앞지르기까지 했다. 상점에 들어가 "옆으로 자는 사람들을 위한 높은 베개"가 있는지 묻는 데 질리면 살짝 변화를 주기도 했다. 예를 들어 대화는 이런 식으로 진행되었다.

"발레마르, 새 베개 필요해?"

"응."

"얼마나 높아야 하지?"

"엄청 높아야지."

"왜?"

"나는 옆으로 누워 자는 사람이니까."

우리의 농담은 발레마르가 옆으로 누워 자는 사람이라는 이유로 어느 날 그가 베고 잘 높은 베개를 시에 요구하면서 정점에 달했다. 담당자는 진단서를 요구했고, 우리는 발레마르의 의사에게서 건강상의 이유로 높은 베개가 필요하다는 진단서를 받아내는 데 성공했다. 그러고는 드디어 백지위임장을 얻어 베개를 사러 이케아로 갔다. 우리는 발레마르가 무슨 말을 할지 미리 정해줬다. "내 이름은 발레마르입니다. 옆으로 자는 사람인데, 여기 있는 것 중 가장 높은 베개를 사고 싶습니다."

인테리어 백화점에 들어가기 전 우리는 대마초를 한 대 피웠다. 발레마르가 휠체어를 타고 미닫이문으로 향하고, 끼익하고 유리문이 열렸을 때 내가 말했다. "발레마르, 이 소리 들려? 베개 천국의 문이 열리는 소리야."

침구류 매장으로 가는 길에 가구 전시장을 지나다가 '폽토르프'라는 이름의 안락의자가 우리 눈에 들어왔다. "이것 봐, 완전히 망한 안락의자가 있어—이름이 폽토르프래!" 내가 외쳤다. 우리 둘은 너무 웃느라 흐느낄 지경이었고, 나는 숨을 돌리려고 안락의자에 잠시 앉아야 했다. 지독하게 거만해 보이는 삼십대 후반의 부부가 지나가다가 폽토르프를 살까 말까 고민하는 눈치라 차분히 잘 살필 수 있게 안락의자에서 일어났다. 그러고는 좋은 의자라고 말했지만, 그들에게 나는 대꾸해줄 가치도 없는 사람이었다. 욕실용품 매장에서 거울을 흘낏 보았다. 대마초 때문에 눈이 새빨갰다.

침구류 매장에서 판매직원이 보이자, 발레마르는 각본대로 말하지 않고 "높은 베개 있어요?"라고 물었다. 사실 이편이 더 나았다.

그러자 직원—무슨 이유에서인지 엄청나게 에너지가 넘치는 이십대 중반의 남자—이 말했다. "무진장 두툼한 베개가 있답니다." 그 대답에 우리는 웃음을 참느라 말문이 막혔다. 나는 돌아서서 입술을 깨물어야 했다. 우리가 아무 말도 하지 않자 직원은 베개가 얼마나 높아야 하냐고 다시 물었다.

"아주 높아야 해요. 그거 아세요? 난 옆으로 누워 자는 사람이거든요." 대답하는 발레마르의 얼굴이 기이한 경련을 일으키고 눈물이 뺨으로 흘러내렸다. 직원은 그런 그의 모습에 신경쓰지 않고—아마 병의 증세 가운데 하나라고 짐작한 모양이었다—우리더러 따라오라고 하고서, 높이는 베갯속에 따라서도 달라진다고 덧붙였다.

베개를 산 뒤 우리는 식당에서 미트볼을 먹었다. 발레마르는 새로 산 베개 위에 접시를 올리겠다고 고집을 부렸다. 베개가 너무 높아서 그는 거의 보이지 않고 접시 가장자리 너머로 눈만 살짝 보였다.

"정말 빌어먹게 높은 베개군." 내가 말했다.

"옆으로 자는 사람들이 베는 진정한 베개지."

"자다가 몸을 돌렸다간 목이 부러질걸."

"바로 그게 옆으로 자는 우리 마음에 드는 점이지."

만트라처럼 같은 말을 반복하려는 우리의 충동은 아무것도 하지 않거나 거의 아무것도 하지 않으며 시간을 보낸 데서 비롯되었다. 우리는 시내로 나들이를 가서 누구도 필요 없을 쓸데없는 물건을 사거나 이미 깨끗한 집을 쓸고 닦았다. 또 삶에 적대적인 집, 가정이 아닌 집을 위한 집세를 내러 우체국으로 가면서 시간을 죽였다. 이따금 허무감이 위협하면 바보짓으로 가장해 어둠을 돌파하고자 했고, 그러고 나서는 그걸 몰아내기 위해 더 바보 같은 말을 했다. 빈 공간에 대한 공포 그 자체가 존재하긴 했지만—수공업자가 휘파람을 불거나 라디오를 더 크게 트는 것처럼—일종의 반격으로 볼 수도 있었다. 우리는 "옆으로 자는 사람들을 위한 높은 베개"라는 표현만큼 음험함을 극명하게 드러내는 것도 없다고 생각했다. 그랬다, 그 안에는 모든 것의 철저한 왜곡이 있어서 그냥 웃을 수밖에 없었다. 이 특이하고도 으스스한 유머를 계속 발전시킨 우리는 주민센터에서 온 편지를 제대로 된 어조로 읽기만 해도 웃느라 딸꾹질을 할 지경에 이르렀다. 그랬다, 시간이 지나면서 주민센터라는 단어만 나와도 누가 발바닥을 간질이는 느낌이었다. 우리는 이미 오래전부터 '주민'이 아니었고, 손상을 입은 사람은 타인의 조롱을 걱정할 필요도 없었다.

발레마르가 컴퓨터로 무슨 일을 꾸미는지 드디어 알아냈다. 모로코에 가봤느냐는 그의 물음에 나는 대답했다. "아이고, 없어!"

"그래도 스키라트 출신의 토르비 엘 메키에 대해서는 들어봤겠지?" 발레마르가 캐물었다.

"물론이지. 토르비는 모로코에 사는 내 오랜 친구야." 나는 과장되게 대꾸했지만, 그는 빈정거리는 나를 무시하고 토르비 엘 메키에 대해 주저리주저리 늘어놓았다. 인터넷에서 찾아낸 치유자라고 했다. 중병에 걸린 사람들을 치료했다고, 환자들은 그를 한 번만 만나도 목발을 내던지고 다시 걷거나 시력을 되찾았다고 했다.

"발레마르, 그건 그냥 정신 나간 소리에 불과해!"

"직접 검색해봐. 실제로 존재하는 사람이라니까."

"그 사람이 존재한다는 걸 부정하는 게 아니야. 하지만 그가 뭐든 치료할 수 있다고 믿지는 않는다고."

"음, 나는 믿어…… 게다가 무료로 사람들을 치료해줘. 사기꾼이라면 돈을 받을 텐데."

"하지만 하필이면 모로코 출신의 남자가 맨손으로 치료할 수 있다는 게 사리에 맞지 않는다는 생각은 안 들어?"

"응."

"뭐라고 말해야 좋을지 모르겠네…… 네가 이 정도로 순진한 줄은 몰랐다."

발레마르는 소파에서 일어나 침실로 들어가선 쾅 소리나게 문을 닫았다.

나는 텔레비전을 켰다—〈익스트림 메이크오버〉가 방송중이었다—나 자신과 발레마르의 멍청함에 짜증이 났다. 십 분이 지나도 발레마르가 나오지 않아서 나는 침실 문을 두드렸다.

"모로코에 있는 네 친구 말인데…… 별일 없다면 거긴 어쩌면 아주 멋진 여행지가 될 수도 있겠어."

"면허 따고 내가 직접 운전해서 갈 거야." 닫힌 문 안쪽에서 그가 투덜댔다.

"하지만 나도 같이 가고 싶다니까. 지브롤터에서 페리를 탈 수 있어."

한참 동안 잠잠했다.

"지브롤터, 그거 괜찮네."

우리는 내가 끓인 커피를 들고 계획을 세우기 위해 소파 탁자 앞에 앉았다.

"우선 시에 여행 경비부터 신청해야 해." 발레마르가 말했다.

"뭘 신청해야 한다고?"

"아, 당신 임금이랑 자동차 지원금 등이지."

"모아둔 돈 좀 있어?"

"1만 크로네."

"우리가 여행을 가도 나는 임금을 받는구나. 그리고 오랜 친구에게서 분명히 돈을 좀 빌릴 수 있을 테니 비상금은 될 거야. 그러니 시에서 지원받을 생각을 안 하면 다음주에 바로 출발할 수 있어."

"지원을 놓치다니 멍청한 짓이야."

"신청하려면 너무 오래 걸리잖아!"

"삼 주." 발레마르는 손가락 세 개를 올렸다. "일단 자동차부터 장만해야 해."

발레마르가 왜 이렇게 이 아이디어를 고집하는지 이해하는 건 일단 포기했다. 완전히 허무맹랑하지 않더라도 최소한 확실하지는 않은 아이디어였다. 나는 모로코 출신의 이 치유자와 그가 연기하는 모든 것에 강렬한 혐오감, 거의 증오라고 할 감정을 느꼈지만 환경을 바꿔보고 싶은 건 나도 마찬가지였다. 그랬다, 절망의 양극 왕복—남부 항구 지역의 내 집과 스텐토프테에 있는 일자리—을 끝내줄 자극이 절실히 필요했다. 발레마르의 계획에 포함된 뭔가에 서서히 공감이 갔다. 마침내 이곳에서 도망치기.

발레마르는 담당자와 담판 지을 준비를 시작했다. 며칠 후 면담하러 오라는 연락을 받았다. "당신도 함께 가는 게 좋겠어." 그가 나에게 말했다. 주민센터는 스텐토프테 시청에서 엎어지면 코 닿을 거리였다.

나는 발레마르의 담당자를 평생 못 잊을 것이다. 그의 목에는 점이 하나 있었고, 거기에 길고 검은 털이 나 있었다. 그런데 그의 특이한 점을 이야기하기 전에, 발레마르가 믿을 수 없을 만큼 침착했다는 사실부터 언급하고 싶다. 그는 사무라이 같은 품위를 보이며, 주민센터 순번 대기표 기계에서 뽑은 숫자를 비웃듯이 느릿느릿 순번이 가까워지고 있는 번호판을 눈으로 좇았다. 우리가 앞에 앉았는데도 그 작자는 아주 느긋하게 코털을 뽑았다—엄지와 검지로 코털을 잡고는 고개를 목덜미로 탁 젖혔고, 그러고 나서는 포획물을 흘낏 본 다음 휴지통에 스르르 버렸다—발레마르는 눈 하나 깜짝 않고서 용무를 설득력 있게 설명하고, 유류비와 숙박비와 식비 같은 비용을 표시한 작은 엑셀 표까지 내놓았다.

"장애로 인한 초과분"이나 "의학적 소견" "온기의 유익한 영향" 같은 말이 얼핏 들렸다. 발레마르의 주치의는 이 여행이 모든 면에서 환자에게 이롭다며 찬성하는 소견서를 작성해주었다.

온기가 그의 통증을 완화하는 데 도움을 준다는 사실은 이미 과학적으로 증명됐고, 담당자는 이걸 중시했다. 그러나 구역질 나는 그의 태도 때문에 나는 대화가 전혀 귀에 들어오지 않았다. 그의 콧구멍은 내 생각과 말들이 그 주위에서 소용돌이치는 하수구 같았다. 발레마르는 사회복지법 100조에 따르면 초과분을 지원받을 수 있다고 했다. 담당자는 코털을 또하나 뽑아서 떨어뜨렸다. 그는 발레마르에게 현실적인 비용 견적을 뽑아왔다고 말하고 다시 한번 코를 쥐었지만, 이번에는 건진 게 없었다.

드디어 면담이 끝나는 듯했다. 담당자는 잘 해결될 거라고, 발레마르가 모로코로 가게 될 거라고 확신한다고 했다! 그는 발레마르에게 악수를 청하며 건강하시라고, 그리고 서로 연락하자고 말했다. 그러고는 내게 인사할 차례였는데 또다시 털을 뽑으려고 코로 손가락을 가져가다가 윗입술을 톡톡 두드리더니 정신을 차리고 미소 지으며 손을 내밀었다. 나는 그때 이미 손을 내밀고 있었지만, 담당자에 대한 반감이 불쑥 치미는 바람에 그의 점에서 자라는 털을 쥐고 세게 뽑아 코앞에서 달랑거려 보이다가 바닥에 떨어뜨렸다.

담당자의 얼굴이 경악과 통증으로 잠시 일그러졌다가 무표정하게 변했다. 잠시 나를 마주 쏘아보던 그는 문을 열고 우리를 내보내며 "연락드리겠습니다, 반드시 드리죠!"라는 말로 인사를 대신했다.

휠체어를 탄 발레마르가 나를 뒤따라 사무실에서 나오자 등뒤에서 문이 쾅 닫혔다.

"아, 이런. 빌어먹을." 발레마르가 한숨을 내쉬었다.

집에 돌아오는 길에 끊임없이 사과했지만 발레마르는 폭발하기 직전이었고, 그래서 나도 공격에 나섰다.

"그놈이 미치광이라는 걸 미리 말해줄 수도 있었잖아! 그리고 도대체 나는 왜 데려간 거야?"

"그래야 내가 늘 간병 도우미에게 의지한다는 걸 담당자가 알 테니까. 하지만 끔찍이도 나쁜 아이디어였어."

며칠 후 거절의 편지가 도착했다.

그러나 발레마르는 고집을 꺾지 않고 담당자와 다시 한번 면

담을 하겠다고 우겼다.

일주일 후 그 담당자와의 면담이 다시 잡혔다. 나도 함께 가서 그에게 사과해야 한다고 했다.

"말도 안 돼!" 나는 고함을 질렀다.

"당신이 모로코에 가고 싶으면 사과해야 해. 그래야 돈을 받는단 말이야. 난 그 남자를 잘 알아. 사과는 피할 수 없는 일이야."

우리가 도착했을 때 담당자는 기분이 아주 좋아 보였다. 양손을 비비고 감언이설을 늘어놓으며, 자신이 우위에 있음을 아는 사람만이 보여줄 수 있는 친절한 태도로 우리를 대했다. 우리는 책상 앞에 앉았다. 맞은편에 앉은 담당자는 내내 나를 쏘아보며 코털을 뽑아선, 무솔리니도 울고 갈 표정으로 휴지통에 버렸다.

"자?" 그가 말했다.

발레마르는 나를 보았다.

"으음. 그러니까 얼마 전 있었던 일, 죄송하게 생각합니다."

담당자는 한순간 눈을 감았다. 나는 어떻게 하면 좋냐는 표정으로 발레마르를 봤지만 도움을 기대할 수는 없었다. 담당자가 계속 침묵을 지키기에 사과가 충분하지 않나보다 생각하고 말을 이었다. "그날 털을 뽑은 건 정말 해선 안 될 행동이었어요. 아주 나쁜 장난이었습니다."

"장난이 아니었어요. 두말할 것 없이 그건 공격이었다고요!"

"음, 지금 우리가……"

"공격이었죠. 그래요! 내 사무실에서 날 공격한 겁니다."

"맞아요…… 죄송하다고밖에 드릴 말씀이 없네요."

또다시 침묵이 찾아왔다.

"이 일을 다시 한번 고민해주실 거라고 이해해도 될까요? 제가 멍청한 짓을 하는 바람에 발레마르크가 손해 본다면 너무 가엾잖아요." 그가 여전히 입을 열지 않아서 나는 이렇게 덧붙였다. "용납이 안 되는 제 멍청함 때문에 말이지요."

담당자는 침을 발라 눈썹을 가다듬더니, 책상에 놓인 하얀 플라스틱 컵을 두 손가락으로 들어올렸다.

"여기 이 플라스틱 컵 보입니까?"

발레마르크와 나는 순전히 수사학적 질문이라고 생각했지만, 우리 둘 다 대답이 없자 담당자는 다시 고집스럽게 물었다. "여기 이 컵이 보여요?"

"예." 우리는 이구동성으로 대답했다.

"좋습니다." 그는 자리에서 일어나 사무실 한구석에서 근근이 살아가는 양치식물을 탁자 위에서 치우고 창문을 열었다. 그러더니 탁자를 창가로 끌고 가 플라스틱 컵을 그 위에 엎어놓았다.

"자." 다시 제자리로 와서 앉은 담당자는 서랍에서 거의 서랍 길이와 맞먹는 긴 자를 꺼내 책상에 올려놓았다.

"이 자를 사용해 플라스틱 컵을 창밖으로 내보내면 그 일을 다시 생각해볼 수도 있어요…… 못하면 모로코는 끝난 거고. 기회는 한 번입니다." 그는 이를 드러내며 웃었다. 높고 새된 웃음이었다. 그는 이 세상 모든 악마의 화신으로 영원히 내 머릿속에 남을 것이다. 그보다 더 사악한 것은 알지 못한다.

대화를 더 나누는 건 무의미했다. 발레마르는 자를 들고 자세를 잡았다. 컵을 향해 자를 던지는 그의 동작보다 더 서툰 움직임은 한 번도 본 적이 없었다. 나 자신과 학교 체육시간에 드러난 형편없는 내 재능을 연상시키는 동작이었다.

컵은 바닥에 떨어졌다.

"유감이군요." 담당자가 말했다.

우리는 사무실을 나왔다.

발레마르의 집으로 돌아온 나는 럼코크 두 잔을 만들었다. 발레마르는 대마초를 말며 서로 연관도 없는 문장을 중얼거렸다.

"기회가 있을 거라고 믿었는데…… 컵은 정말 가벼웠잖아."

"우리가 어떻게 할 수 있는 일이 아니었어." 내가 대꾸했다. 각 얼음들이 잔에서 서글프게 잘랑거렸다. 발레마르가 대마초를 입에 물었다.

"우린 처음부터 패자의 위치에 있었다고. 그런 사람에게는 어떻게 해볼 도리가 없어. 처음부터 진 거야."

우리는 앞만 노려보았다. 발레마르가 대마초를 건넸다.

"음악 좀 듣자." 나는 그렇게 말하고 스테레오 기기로 갔다. 플레이스테이션 게임을 할 때 텔레비전과 연결하는 기기라면 발레마르도 번듯하게 갖추고 있었지만 변변한 음악은 없었다. 나는 미리 가져다둔 내 매킨토시 노트북을 앰프에 연결하고, 미스핏츠의 첫 앨범인 '스테틱 에이지'를 틀었다. 내가 소개해준 뒤로 발레마르는 이 밴드에 푹 빠져 있었다.

우리는 말없이 몇 곡을 들었다. 〈라스트 커레스〉가 흘러나오자 발레마르는 나지막하게 따라 불렀다.

Sweet lovely death(달콤하고 사랑스러운 죽음)

I am waiting for your breath(난 너의 숨결을 기다려)

come sweet death, one last caress.(오라, 달콤한 죽음이여. 마지막 한 번의 애무.)

"이 모든 건 엄청난 굴욕이야. 여길 떠나기 전에 난 죽을 거야."

"그런 말 하면 안 돼."

"빌어먹을." 그가 욕설을 내뱉고는 앞을 노려보았다.

그런데 변화가 일어났다. 그날 저녁 집에 돌아온 나는 '이건 너무 웃기는 일이야!'라고 생각하고는 무가지 신문사에서 일하는 친구에게 전화했다. 처음에는 회의적인 반응을 보였던 그가 그 이야기를 다른 사람에게 전한 모양인지 다음날 〈에크스트라 블라데트〉 기자에게서 전화가 걸려왔다. 기자는 사건에 관한 더 많은 정보를 원했다. 며칠 후 신문에 우리 기사가 났다. 발레마르가 휠체어에 탄 사진도 실렸다. 그게 다가 아니었다. 발레마르는 텔레비전 아침 방송에서 자기 이야기를 멋지게 펼쳐 보였다. 토크쇼에 나가기 전 그는 스텐토프테에서 이발을 새로 했다. 우리는 안경테도 새로 살까 고민했지만, 쓰던 테가 그의 목적에 더 도움이 된다는 데 의견을 같이했다—돈이 철철 넘친다는 인상을 줘선 안 되었다. 나는 무대 뒤에서 아주 맛있는 샌드위치를 두어 개 먹고 시큼한 커피를 다섯 잔 마시며, 공들여서 메이크업을 받고 있는 발레마르에게 말을 걸어 용기를 북돋워주었다. 내 사정을 말하면, 긴장했다. 그랬다, 무지 떨렸다. 하지만 발레마르는 아침에 피운 대마초 덕분에 긴장이 누그러졌다. 드디어 방송이 시작되어 발레마르가 스튜디오에 자리잡자 나는 공황상태에 사로잡혀 지금 이 일이 얼마나 창피한 상황으로 변할까 상상했지만, 그는 아주 능숙하게 해냈다. 모로코에 있는 치유자가 자신의 마지막 희망이라 설명했고, 주민센터 담당자가 저지른 정신적인 테러에 대해서도 말했다. 시청자들은 모두 눈물을 흘렸을 것이다. 그건 확실하다. 운이 좀 따라주면 발레마르의 모로코 여행이 어쩌면 국민청원이 될 수도 있겠다는 생각이 머릿속을 스치고 지나갔다.

이날 아침 야콥 피트세르도 발레마르가 출연한 텔레비전 아침 방송을 봤다는 사실이 나중에 밝혀졌다. 그는 미국 쇼핑 채널에서 플라세보를 팔아 갑부가 된 예순여덟 살 노인으로, 지금은 퓐섬 남부 다도해의 개인 소유 섬에서 말년을 보내는 중이었다. 그가 무료 광고를 원했는지, 대체의학 치료법을 향한 뜨거운 열정이 큰 역할을 했는지, 그것도 아니면 순수한 이타주의였는지 우리가 들은 바는 없었지만, 어쨌든 그는 발레마르의 여행에

7만 크로네를 지원하기로 결정하고 회사 로고가 찍힌 거대한 수표를 전달했다. 회사 이름은—못 믿겠지만—'파워 트리션Power Trition'이었다. 파워와 뉴트리션을 결합한 이름이었다. 재치 넘치는 말장난 분야의 작은 보배 같은 이 이름은 죽음의 공포에 시달리는 미국 주부들에게 탁월한 품질의 골분을 팔기 위해 80년대 중반에 그가 생각해낸 것이었다. 내게 수표를 건네면서 그는 쉴새없이 입을 놀렸다. 내가 멍청하게도 광고업계에서 일했다는 말을 했던 것이다. 파워 트리션의 코펜하겐 본사에는 사진사도 와 있었고 언론에서도 이 일을 크게 다루었지만, 그러고는 끝이었다. 아, 아니다. 잠깐만—발레마르의 운명은 '장애인 스토리, 해피엔딩'으로 대서특필되어 덴마크에서 가장 유명한 황색 잡지 『세 오그 호르』에 실렸다. 하지만 그뿐이었다. 사람들은 발레마르의 고난에 대한 관심을 금방 잃었다. 그러거나 말거나 우리는 아무 상관 없었다. '7만 파워 트리션 크로네 비과세 수표'의 자랑스러운 소유자들이었으니까. 우리 앞에 세상이 활짝 열려 있었다. 발레마르의 집으로 돌아온 우리는 요란하게 환호성을 울리며 수표를 머리 위에서 흔들어댔고, 럼코크 두 잔을 가득 따라 텔레비전 앞에서 마시면서 몇 번이고 수표를 들여다보았다.

"7만! 아스게르, 나 좀 꼬집어봐."

하지만 모로코에 간다는 그의 아이디어는 여전히 달갑지 않았다.

"발레마르, 아랍 사람들은 여기 스텐토프테에서도 만날 수 있어." 내가 말했다. 분명 이곳 덴마크에서도 토르비처럼 탁월한 재능의 치유자를 찾아낼 수 있을 거라고도 했다. "여긴 그런 사람들로 들끓고 있어. 수정구슬, 관장, 안수, 그런 빌어먹을 짓거리들 말이야!"

그래도 소용없었다. 그는 스키라트의 토르비 엘 메키라야 한다고 했다. 발레마르는 그 남자를 터무니없이 신뢰했다. 검색해보니 덴마크에서 좀더 가까운 곳에도 대안은 수없이 많았지만 아무것도, 정말 아무것도 발레마르의 고집을 꺾을 수 없었다. 대안을 택하면 제대로 된 휴가에 돈을 쓸 수 있을 텐데. "열두 살 때부터 맨손으로 중환자를 치유했다는 말뫼 출신 아줌마는 어때?" 아니, 그 아줌마는 안 된다고 발레마르가 우겼다. 평소 대체의학에는 눈곱만큼도 관심 없는—이용해본 적조차 한 번도 없는—그가 모로코로 가겠다고 고집을 부렸다. 어쩌면 모로코가 아주 멀기 때문인지도 몰랐다. 4000킬로미터를 여행하면 기적이 일어날 수 있다. 하지만 같은 언어를 쓰고 같은 공기를 마시는 치유자, 이국적인 구석이 얼핏 보인다고 해도 모두 가짜인 치유자에게 가려고 스텐토프테에서 겨우 기차에나 오르면서 기적을 기대할 수는 없다.

이런 고민을 하느라 이미 오래전에 봄이 왔다고, 지금은 5월 초이고 올여름 유럽은 상당히 더울 것 같다고 얘기한다는 걸 까맣게 잊어버렸다. 우리는 이날을 축하하면서 한잔 걸치려고 광역기차를 타고 시내로 갔다. 부富에 잠겨 고삐가 풀린 것이었다. 발레마르가 공중누각을 지은 데는 일부 내 잘못도 있을지 모른다. 이번 여행으로 다시 건강해질 거라고 그가 말했을 때 반대하지 않았으니까.

광역기차가 중앙역에 멈추자 우리는 기차에서 내려 대합실로 가는 엘리베이터를 탔다. 지린내 때문에 숨을 참았다. 군중이 모인 곳으로 나와서 다시 숨을 쉬니 여행을 이미 시작한 기분이 들었다. 우리는 카바 한 병을 사들고 외레스타드공원으로 가, 세븐일레븐에서 가져온 플라스틱 컵에 따라 마셨다. 발레마르는 풀밭에 누워 대마초를 한 대 말았다.

"7만……" 그가 다시 한번 말했다. 피트세르에게 수표를 건네받은 이후 계속 반복하는 말이었다. "떠나기 전에 가족을 식사에 초대해서 작별 파티를 열어야겠어."

"괜찮은 생각이야."

발레마르가 대마초를 건넸다. 나는 평소와 달리 한 모금 빨고,

카바를 마셔 그 맛을 씻어내렸다. 대마초를 다시 돌려주자 발레마르는 폐까지 한껏 들이마시고는 얼굴이 새하얘져 기침을 하기 시작했다. 숨을 들이쉬자 휘파람 소리가 났다.

"괜찮아? 너 유령 같아!"

"대마초를 많이 피우면 힘들어."

"통증을 느껴?"

"교황이 수음을 하던가?"

발레마르는 샴페인을 더 따랐다. "7만. 상상해봐! 아스게르, 7만이라고!"

우리는 폭스바겐 승합차, 트랜스포터 T4 모델로 결정했다. 뢰도브레에서 직거래한 차였다. 우리가 진입로에 서서 차를 살펴보고 있을 때 판매자가 말했다. "이 년 전, 그러니까 아내와 이혼하기 육 개월 전에 산 차예요. 폭스바겐 한 대를 다시 제대로 굴리면 단조로운 일상을 벗어날 수 있을 거라는 정신 나간 생각을 했거든요. 그랬죠, 그러면 언제든 야외로 나가 함께 이런저런 모험을 해볼 수 있을 거라고요—그야말로 자유를 누리는 거죠. 아내는 바보 같은 생각이라며 거기에 돈을 쓰지 말라고 했는데, 나는 기죽지 않고 폭스바겐을 샀어요. 이런 말은 좀 그렇지만, 차를 다시 제대로 굴리자 어느 날 이웃 여자가 나와 장난으로 이러는 거예요. '잠깐 드라이브 가는 거 어때요?' 자기가 같이 가겠대요. 이제 아이들도 다 컸으니 특별한 목적지 없이 차를 타고 그저 돌아다닌다는 게 정말…… 멋지게 느껴졌어요. 아내에게 함께 가든가 우울하게 그냥 집에 있든가 마음대로 하라고 했죠! 아내 친구 말이, 아내가 우울한 것 같다고 했거든요. 의사도, 장모님도 그렇게 말했고 나도 알고 있었어요. 아내는 항우울제를 처방받았는데, 이 주 동안 아무 변화도 없다가 그후에 갑자기 좋아졌어요. 의사도 얘기해줬어요—한두 주 지나서 기분이 나아질지도 모른다고. 나는 그제야 아내가 내 생각을 호의적으로 받아들이게 만들 수 있었죠. 아내에게 지금 당장 어디로든 갈 수 있으니 결정하라고 했어요—늘 가보고 싶었던 곳 없어? 아내는 네덜란드 서부 해안의 큰 제방을 보고 싶다고 하더군요. 좋았죠. 그건 괜찮은 제안이었으니까요. 드디어 출발했어요. 6월이었는데, 여행은 물론…… 흠, 간단치 않았어요. 아내는 전혀…… 흠, 말하자면 폭스바겐에게 한 번도 제대로 된 기회를 주지 않았죠. 그리고 약효가 좀 떨어지자—그것도 의사가 미리 얘기해주긴 했어요—자기 결정을 후회하는 것 같았어요. 나는 우리가 다시 가까워질 거라고 기대했는데, 네덜란드에 가까워질수록 오히려 사이가 더 멀어지는 듯했어요. 하지만 포기하지 않고 계획대로 밀고 나갔죠. 그곳에 도착해서 아내는 제방을 봤어요—정말 거대하더군요, 제방 말이에요. 하지만 여행은, 솔직히 끔찍했어요. 그래서 이혼하기로 했죠. 모든 것은 다 때가 있는 법이니까."

남자는 바닥을 내려다보며 신발 끝으로 자갈을 긁었다.

"난 매일 운답니다."

나는 무슨 말을 해야 좋을지 몰라서 차로 다가가 안을 들여다보았다. 휠체어에 앉은 발레마르는 남자의 비참한 공연에 반응을 보이지 않아도 될 만큼, 딱 그 정도만 떨어져 있었다. 침묵이 불편할 정도로 길어져서 나는 그렇다고, 정말로 슬픈 이야기라고 대답했다.

"그냥 차를 팔아버리고 싶어요. 너무 많은 추억이 담겨 있거든요. 싸게 드릴게요."

우리는 제안을 받아들였다.

차는 베이지색이고 담배 냄새가 났으며, 보닛에 축구공만하게 나 있는 흐릿하고 특이한 얼룩을 빼면 래커 칠이 완벽했다. 기어가 1단에서 2단으로 바꿀 때 약간 말썽이라 이따금 레버를 우선 앞으로 했다가 뒤로 움직여야 했지만 그것 말고는 성능이 최고인 것 같았다. 우리는 자동차를 믿었다. 모로코까지는 갈 수 있을 터였다. 스텐토프테로 오는 고속도로에서 나는 클러치를 풀며, 기어를 조정하는 발레마르에게 말했다. "5단으로 높여." "옙, 알겠습니다!" 그러고는 4단에서 5단으로 바꾸었고, 나는 클러치를 놓고 속도를 한껏 높였다. 속도계 바늘이 110으로 올라갔다. "아스팔트를 먹어치울 거야. 우리 폭스바겐이!" 발레마르가 환호성을 질렀다.

"그렇고말고!"

"핸드브레이크 턴을 해봐."

"트랜스포터로는 핸드브레이크 턴 안 해!"

"아니, 큰일이 생겼을 때 이 차가 뭘 할 수 있는지 알아둬야지!"

"안 돼!"

"그럼 내가 하지 뭐." 발레마르는 소리를 지르더니 핸들과 핸드브레이크를 동시에 잡으려는 시늉을 했다.

"이런 멍청이!" 나는 낄낄거리며 웃었다. 모터가 털털거리며 내 말에 동의했다. 우리가 재규어를 추월하자 속도계 바늘은 바들바들 떨면서 120으로 올라갔다.

"우리 배기가스나 마셔라!" 발레마르가 재규어에 대고 고함을 질렀다. 그 순간 그와 나는 우리가 세상에서 최고라고 생각했다.

이야, 그렇게 해서 폭스바겐 승합차는 우리 것이 되었다. 이제 그 무엇도 우리를 막을 수 없었다. 발레마르는 작별 만찬을 함께 하려고 친척들을 집으로 초대했다.

발레마르의 엄마와 숙모는 집안에 있고, 아버지와 숙부는 차를 살펴보러 우리와 함께 밖으로 나왔다. 로스트비프는 아직 식탁에 올라오지 않고 알루미늄포일과 행주에 싸인 채 휴식중이었다. 하지만 환영 맥주는 이미 마신 후였다.

"겁도 없이 차를 정말로 여기 세워두겠다는 말이냐?" 발레마르의 숙부가 그렇게 묻고는 캔맥주를 손에 든 채 차를 빙 돌며 바퀴를 툭툭 찼다.

"여기 아니면 어디 세워요?"

"네 휠체어처럼 파손되지 않는다면야……"

"오래 세워두지 않을 거예요."

"휠체어도 밖에 둔 건 딱 하룻밤이었지."

발레마르의 아버지는 보닛에 몸을 기댔다.

"이게 뭐냐?" 그가 흐릿한 얼룩을 검지로 문질렀다.

"우리가 치약으로 문질러봤는데 안 되더라고요." 발레마르가 대답했다. 나는 감탄의 눈길로 그를 흘낏 곁눈질했지만, 평가위원회는 그 대답을 무시했다.

발레마르의 숙부가 십 분쯤 시간을 잡아먹으며 중고차 구입에 대한 일장연설을 늘어놓는 동안, 아버지는 자동차를 빙 돌며 감점을 시작했다. 그러다가 결국 녹슨 서스펜션이 문제가 되었고, 숙부는 보닛을 열라고 했다. 모터를 자세히 점검한 그가 "푸우우!" 소리를 냈다.

"벤진에 손가락 넣어봤나?" 그가 나에게 물었다. 나는 아니라고, 하지만 이 차 상태는 다 괜찮다고 하더라고 대답했다.

"중고차에 관한 한 '하더라'란 없다네." 그가 나를 훈계하고, 벤진에 왜 손가락을 넣어봐야 하는지 우리에게 설명했다. 그동안 발레마르의 아버지는 점화플러그를 찬찬히 살펴보고 순진한 나의 '하더라'에 고개를 절레절레 저었다.

"네 바퀴 달린 폭탄이군." 숙부가 말했다.

"그래, 발레마르. 진짜 네 바퀴 달린 폭탄이다." 아버지도 맞장구치더니 차를 노려보았다.

"하지만 운전 도중에 폭발하는 일은 거의 없을걸요." 내가 이의를 제기했다.

"그거야 알 수 없지." 아버지가 말했다. "어쨌든 나라면 이걸 타고는 빵집에도 안 가겠어. 완전히 자살행위야! 발레마르, 너 이 차 사느라 얼마 내놓았냐?"

"말 안 해요." 발레마르가 대꾸했다. 그는 이런 논쟁에 익숙했고, 아버지에게 약점을 또하나 드러내고 싶지 않았다.

"얼마 냈는지 말하기 싫다고?"

"예."

발레마르의 작전은 완전히 그들의 허를 찔렀다. 간단하면서도 천재적이었다. 발레마르의 친척들은 아주 유순해져서는 대답을 끌어내려고 집중적으로 반대신문을 했지만, 그는 너무 높거나 너무 낮은 금액을 대며 버르장머리 없이 대답했다. "1백만 크로네. 아니, 잠깐만. 1크로네였어요." 그들은 결국 발레마르를 고집 센 멍청이라며 욕하고는, 가격을 제외하고 최종 판정을 내리는 걸로 만족해야 했다. 집안으로 다시 들어갈 때 발레마르는 휠체어와 함께 뒤에 처졌고, 나도 그에게 합류했다.

"이 차에 흠잡을 건 하나도 없어."

"나도 알아. 네 바퀴 달린 폭탄이라니…… 이제 차에 이름이 생겼네!"

"폭탄이지." 내가 대답했다.

안으로 들어온 발레마르의 아버지는 모두가 들을 수 있을 만큼 큰 소리로 엄마에게 말했다. "네 바퀴 달린 폭탄이야. 그리고 발레마르는 자동차 가격이 얼마인지 얘기를 안 하려고 해."

"재 이제 돈 많잖아." 엄마가 대답했다.

"발레마르, 스테이크 어떻게 됐니?" 담배를 피우느라 창가에 서 있던 숙모가 물었다.

"부엌에서 편히 쉬고 있어요. 다들 시장하세요?"

"흐음, 그렇지. 방금 일을 많이 했으니까."

발레마르가 부엌으로 갔다.

"담배 마저 피우고 식탁 차릴게." 숙모가 자청하고 나섰다.

발레마르의 아버지는 화장실로 갔다.

"다 준비되면 얼른 불러라."

숙모는 담배를 끄고 식탁을 차리기 시작했고, 나는 그녀를 거들었다. 발레마르는 부엌에서 음식을 준비하느라 분주했다.

"아스게르, 아이 있어요?" 숙모가 물었다.

"아뇨."

발레마르의 숙부는 맥주를 하나 새로 들고 소파에 앉았다.

"발레마르가 자네처럼 나이 많은 간병 도우미를 얻은 건 처음이야." 그가 말했다.

"그동안 도우미가 아주 많았지." 숙모가 끼어들었다. "그중 한 명은 파울이라는 이였는데, 쉬지 않고 노래를 불렀어요. 음악학교에 가려고 했으니 연습을 해야 했죠. 그러다가 발레마르가 노래에 질려버렸잖아. 다들 그거 기억나요? 클래식 노래였는데."

숙모는 식탁을 차리다 말고 눈을 반쯤 감고 부엉이처럼 울부짖으며 파울의 흉내를 냈다.

"맞아요. 아이고, 화장실에서도 요들을 불렀죠." 발레마르의 엄마도 끼어들었다. "얼마나 웃겼는데요! 자전거를 타면서도 불렀고요."

"아스게르, 이거 말고 다른 일도 해요?" 숙모가 다시 내게 물었다.

"아뇨." 나는 두번째로 같은 대답을 하고 잔 하나를 식탁에 내려놓았다.

"내 일 좀 넘겨받을래?" 내가 잔을 찾으러 부엌으로 가자 발레마르가 물었다.

"좋지." 나는 대답하고 잘게 다진 파를 감자샐러드에 섞었다.

지친 발레마르는 좀 쉬려고 거실에 앉았다. 나는 잠시 부엌에

멀뚱히 서 있다가 오븐에서 마늘 바게트 두 개를 꺼내고 식탁을 차렸다.

"자, 이제 다 됐어요."

"식사 준비 다 됐어!" 발레마르 엄마가 고함을 지르자 아버지가 화장실에서 나왔다.

우리는 식탁에 둘러앉았다. 나는 맥주 두 캔을 연거푸 급하게 들이켜며 시시한 잡담뿐인 대화에는 끼지 않았다.

그러고는 침묵이 찾아왔다. 발레마르의 아버지는 마지막으로 한입 먹더니 접시에 수저를 내려놓고, 치유자를 찾아 모로코로 가겠다는 건 발레마르가 지금까지 살면서 한 행동 중에 가장 멍청한 짓이라고 했다.

발레마르는 아무 말도 하지 않았다.

"완전 엿같은 행동이라고." 엄마도 동조했다.

"이거, 자네 생각인가?" 삼촌이 나에게 물었다.

발레마르는 무슨 이유에서인지 그 질문에 몹시 분개했다.

"나 혼자 생각한 거예요." 그가 중얼거리고는 씩씩대며 감자 샐러드를 노려보았다.

그것으로 이야기는 끝이었다.

나는 스타인 바게르가 잠적한 때가 그해 여름이라는 사실을 나중에야 깨달았다. 덴마크의 악명 높은 IT기업가인 그는 가족을 아부다비에 남겨두고 뉴욕으로 날아가 미카엘 융만의 아우디 S8을 빌렸다. 그러고는 큼직한 롤렉스를 손목에 차고 빌린 신용카드도 챙겨 서부로 가려고 운전석에 앉았다. 스타인 바게르의 네모나게 각진 얼굴이 눈앞에 자주 떠올랐다. 그 자동차가 부드럽게 구불거리는 북미 대륙의 도로를 따라 나지막하게 달달거리며 달리는 모습을 상상했다. 화물차 스페어타이어가 갓길에 긴 그림자를 드리울 때, 그는 해넘이를 쓸쓸하게 바라보았다. 뉴멕시코에서 화물열차와 같은 높이에서 달릴 때는 찻길로 회전초가 날아들었다. 애리조나의 아침 풍경은 흐릿하게 남아 있어야 할지, 마침내 밤의 어둠 속에서 나와 또렷한 형태를 취할지 아직 확실히 결정 못한 것처럼 여명 속에서 오렌지색으로 빛났다. 그는 자기 상황이 가망 없다는 것, 다른 방법은 없다는 사실을 내내 알고 있었다. 그가 로스앤젤레스 시내 경찰서에 자진 출두해 영어로 "스타인 바게르라고 합니다. 유럽에서 도망쳤고, 자수하러 왔습니다"라고 말하기 전, 혹시 사막 어딘가에 귀중품을 묻은 건 아닌지, 혹시 급박하게 해결해야 할 마지막 용무가 일정표에 있었던 건 아닌지 궁금하다. 그때 나는 그가 모든 걸 계획했다고 생각했지만, 지금은 그렇게 믿지 않는다. 그는 주위를 그냥 좀 드라이브하고 싶었을 것이다.

우리는 여행가방과 발레마르의 휠체어를 폭스바겐 짐칸에 실었다. 발레마르는 관청을 설득해 짐칸에 휠체어를 쉽게 실을 수 있는 경사판을 갖추었다. 그는 현관문을 잠그고 잠시 그 앞에 서서 집을 바라보았다. 나는 그가 혼자 있고 싶은가보다 하고 먼저 자동차로 향했다.

"모로코로 출발!" 잠시 후 우리가 차에 탔을 때 나는 그렇게 고함을 지르고 기어를 푼 다음 열쇠를 돌려 시동을 걸었다. 발레마르는 고개만 끄덕이고는 미소 지으며 안전벨트를 맸다.

해는 여전히 낮게 떠 있었다. 새날이 시작되었다. 갈매기들이 황량한 풀밭을 콕콕 쑤셨고, 비스듬히 비쳐드는 빛 때문에 콘크리트 건물들이 기이하게 구멍이 숭숭 뚫린 것처럼 보였다.

셸란섬을 지나는 동안 우리는 아무 말도 하지 않았다. 얼마 지나지 않아 낙원 럼 볼이 생산되는 지역에 도착했다. 허물어져가는 농가 여러 채, 길섶 도랑에 빠진 소형 오토바이, 바람에 뒤틀린 나무들이 늘어선 가로수길이 보였다. 뢰드비-푸트가르덴 페리 노선은 붐비지 않아서 문제없이 배에 오를 수 있었다. 우리는 치즈 빵과 커피 한 잔을 들고 편하게 앉았다. 발레마르는 우리가 처음 테이블을 차지한 몇 안 되는 승객이 된 걸 무척이나 만족스러워했다. 페리가 출항할 때, 갈매기 한 마리가 우리 자리 유리창 앞 허공에 잠시 떠서 울어댔다.

"벌써 향수병이야?" 발레마르가 너무 조용해서 내가 물었다.

"아니, 그냥 생각."

"스텐토프테에 대해서?"

"아니, 다른 것…… 내 생각에, 돈 많은 사람은 앞으로 영원히 살 것 같아."

"흠."

오목한 티스푼에 내가 거꾸로 비쳤다. 배의 진동 때문에 잔에 든 커피가 가볍게 떨렸다. 나는 뭐라고 대꾸해야 할지 몰라 심장은 언젠간 박동을 멈춘다고, 당나귀와 비슷하다고 말했다.

"당나귀?"

"언젠가 카이로에서 휴가를 보낼 때 봤던 장면이 지금 막 머릿속을 스치고 지나가서. 택시를 타고 도시 위로 길게 뻗은 고속도로 다리를 지나고 있었어. 그런데 자동차들 사이에서 난데없이 당나귀 수레가 보였는데, 그 자리에서 꿈쩍 않더라고. 한 남자가 널빤지로 당나귀 엉덩이를 때리고, 다른 남자는 당나귀 앞에 서서 팔을 허공으로 쳐들었다가 목을 끌어안고 잡아당기며 제발 좀 움직이라고 애원했지만, 꿈쩍도 하지 않았어. 절대 움직이고 싶지 않았던 거야. 그 당나귀가 잊히지 않아."

"고속도로에 당나귀가 있었다고?"

"그래."

"그러니까 심장은 당나귀구나."

"그렇지. 그게 바로 이 이야기가 주는 교훈일 거야."

별다른 일 없이 항해한 뒤 우리는 배에서 내려 덴마크에 작별을 고했다. 때는 5월이라 여자들이 살을 더 많이 드러내고 어쩌면 코펜하겐에서는 더운 여름 저녁이 며칠씩 이어져 사람들이 발 닿는 대로 돌아다니며 야외 카페에서 맥주를 한두 잔 기울일지 모르지만, 나는 수준 이하의 감옥 생활에서 벗어난 듯 자유로운 느낌을 만끽했다.

배를 타고 오는 동안 나는 발레마르에게 스페인의 카페들에 대해 이야기했다. 그곳에서는 유능하고 나름의 자부심이 있는 중년 남자 종업원이 서빙할 때가 많았다—손님이란 모름지기 어떤 변태적인 이유로 자기를 괴롭히는 불쾌한 존재라고 여기는, 인문학 전공의 퉁명스러운 여자 대학생 종업원은 잘 없었다.

"스페인에서는." 나는 말을 꺼내자 금방 기분이 좋아졌다. "야외 카페에 앉아 맥주를 주문하면…… 덴마크에서처럼 김빠진 개숫물이 나오는 게 아니야!" 내 목소리가 커지는 바람에 발레마르는 놀라 몸을 움찔했다. "절대 아니지! 갈증을 없애주는 시원한 카냐*가 작은 잔에 나오는데, 몇 분이면 다 마신다고. 그러고 나면 놀라운 일이 벌어져. 코펜하겐에서와는 달리, 종업원에게 신호를 보내려고 애쓸 필요가 없어. 말하자면 이런 식이거든. 경험 많은 종업원은 손님이 한 잔 더 마시고 싶어한다는 걸 이미 오래전에 알아채고, 급히 지나가면서 탁자에 새 잔을 내려놓고 빈 잔을 가져가는 거야. 스페인 종업원들은 바빠. 그 점에서 그들의 전문성이 드러나지. 자기 손님들에게 불평거리가 생기면 안 돼. 혹시 생긴다면 엄청난 야단법석이 벌어진다고. 불평거리는 생기지 않아. 모든 것이 아주 질서가 잘 잡혀 있어. 종업원은

* 보통 럼이나 당밀이 주성분인 도수 높은 술.

그들의 직업이야. 발레마르, 그 모습을 상상해봐! 그래, 기다려. 도착하면 내 말이 무슨 뜻인지 너도 알게 될 거야."

우리는 푸트가르덴을 떠나 고속도로를 달렸다. 고속도로—그건 하나의 생명체였다! 아스팔트 동맥과 정맥으로 이루어진 그물, 강철 맥박이 수천 킬로미터나 이어졌다. 현기증이 우리를 엄습했다.

"빌어먹을, 우리는 고속도로에 있다!" 내가 고함을 지르자 발레마르도 덩달아 내 기분에 휩쓸렸다. "그래, 우아. 고속도로!"

그는 좌석에서 이리저리 몸을 뒤채며 "고속도로, 고속도로"라고 랩을 했다.

우리가 드디어 여행에 나선 것이다.

발레마르의 건강상태를 고려해서 우리는 짧은 구간을 조금씩만 움직였고 피곤하면 숙박을 했으며, 뜻밖에도 발레마르가 스텐토프테 지역 도서관에서 빌려온 여행안내서에 소개된 명소를 구경하려고 쉬기도 했다. 운전하는 나에게 발레마르는 책을 더듬거리며 틀리게 읽어주었고, 지명을 도발적일 만큼 낯설게 발음해서 도무지 알아들을 수 없었다. 그래도 그가 이 기이한 형태의 대화에 재미를 느끼는 것 같아서 짜증스러운 티를 내지 않았다. 이따금 머리가 아프거나 어떤 길로 갈지 티격태격할 때만 오늘은 이만하면 그만 낭독해도 되지 않겠느냐고, 내 머리가 더는 정보를 받아들이지 못한다고 말했고, 그럴 때면 발레마르는 대부분 순순히 받아들였다. 하지만 책을 내려놓았다가도 삼십 분

후에는 다시 들고 멈췄던 부분에서—아니면 또다른 빌어먹을 페이지를 찾아 읽기 시작했다.

그게 빌린 책이라는 것 때문에 마음이 편치 않았다. 이미 고속도로에 나선 첫날, 현기증을 일으키는 경악스러운 순간, 나는 이 불편함 뒤에 어쩌면 발레마르가 책을 반납할 수 없을지도 모른다는 불안이 도사리고 있음을 깨달았다. 죽음은 언제나 그의 뒤에 숨어 기다리고 있었다. 휘파람 소리를 내며 숨을 쉬기도 하고, 갑자기 코피를 쏟거나 엄청난 피로감에 시달리다 거의 혼수상태에 빠지기도 했다. 언제나 시체처럼 안색이 창백하고 손이 떨리는 건 말할 것도 없었다. 불현듯 발레마르가 죽을지도 모른다는 생각이 엄습했고, 그 생각은 도서관에서 빌린 책과 지킬 수 없는 대여기간이라는 사실로 구체적인 형태를 띠었다.

발레마르는 관광명소에 관한 한 극단적으로 특이한 감각을 보였다. 문화를 진정으로 즐기는 사람이라면 누구라도 에움길을 마다하지 않았을 온갖 것은 탐탁지 않아했고, 뤼베크의 퐁뒤 박물관이나 토끼 농장, 외딴 마을의 웨이퍼 과자점 같은 것들을 선택했다. 농장에서 우리는 도살을 해 가죽을 벗기는 과정을 지켜보았고, 오 대째라는 과자점에서는 밀가루 반죽 같은 외모의 주인에게서 시식 과자를 받기도 했다. 이런 사소함은 어딘지 모르게 나에게 힘을 주었다. 상상력의 집단적 결핍으로 찾아가는, 나중에 거기 가봤다고 말하려고, 언젠가 봤다고 말하기 위해 방문하는 이른바 관광명소보다 더 우울한 것은 없었다. 그래, 관광여행에 대한 험담이 유치하다는 거야 나도 안다. 그러나 발레마르가 고른 명소가 더 마음에 들었고, 게다가 구제할 길 없고 환멸스러우며 생을 파괴하는 대실패로 끝날 수밖에 없는 여행, 우리의 성배인 모로코 치유자에게 향하는 이 여행과 그곳들은 썩 잘 어울렸다.

발레마르는 네토에서 쓰는 노란 비닐봉지를 계속 끌고 다녔다. 페리를 탔을 때 그는 그걸 옆자리에 놓았다—그때 처음으로 내 눈에 띄었다. 나는 그 봉지에 대해 그다지 머리 깨지게 고민하지 않았고, 또 그의 일에 참견하고 싶지도 않았다. 그가 좋다면 됐지 뭐! 그런데 어느 날 오후 고속도로에서 교통체증을 만났을 때 결국은 그에게 물었다. 반쯤 멍했고, 앞니 사이에 뭔가 끼었다. 나는 이쑤시개 몇 개를 넣어둔 글러브박스로 몸을 굽히다가 발레마르의 다리 사이에 끼어 있는 봉지에 눈길이 갔다.

"그 봉지에 뭐 들었어?"

"돈."

"돈?"

"그래, 피트세르가 준 돈."

"전부!?"

"응. 난 신용카드가 없거든. 유로로 환전했어."

처음에는 아무 대꾸도 하지 않고 이쑤시개만 씹었다. 일단 정신을 차려야 했다. 그러다가 마침내 계좌에 입금하는 편이 낫지 않겠느냐고 물었다.

"아니, 절대 안 돼!" 그는 단칼에 거절하고 앞만 보았다. 발레마르는 은행을 믿지 않았다. 현금을 지니고 있는 걸 좋아했다.

그 문제로 한 시간 동안 옥신각신했지만 그는 고집을 꺾지 않았다. 나도 네토 비닐봉지에 뭐가 들었는지 안 이상 그가 그걸 들고 다니는 걸 더는 두고 볼 수 없었다. 우리는 결국 해결책을 찾았다. 거대한 대륙만한 현금뭉치를 나누어 우리 가방에 넣고, 나머지 돈이 들어 있는 네토 비닐봉지는 짐칸에 뒀다가 밤에는 호텔로 가지고 들어가는 것이었다. 최상의 아이디어는 아니었지만 발레마르가 어느 정도 이해되기도 했다. 현금뭉치가 든 봉지가 옆에 있다는 건 엄청 좋은 느낌이었으니까.

그날 저녁 그는 네토 비닐봉지를 우리가 묵은 함부르크의 어느 호텔 베개 밑에 넣고 말했다. "이제 드디어 옆으로 누워 자는 사람들 베개 높이에 딱 맞네!"

나흘째 되던 날 저녁 우리는 브레멘에 도착했다. 내비가 없는 탓에 엉뚱한 방향에서 도시로 진입해 우연히 단독주택들이 있는 교외 주택가에 이르게 됐다. 어느 집 앞에 사람들이 벌떼처럼 모여 서서 지붕을 쳐다보고 있었다. 지붕에 재색의 뭔가가 보였다. 나는 속도를 줄였다. "원숭이다!" 발레마르가 불쑥 고함질렀다. 원숭이는 굴뚝처럼 용마루에 올라앉아, 머리를 왼쪽 어깨로 기울이고 왼팔로 머리를 감싸서 왼손이 오른쪽 귀에 닿아 있었다. 그렇게 머리를 감싼 채, 인간과 비슷한 점은 거의 없어 보이는 눈길을 아래 모인 사람들에게로 향하고 있었다. 그런데 구경꾼 가운데 한 명이 원숭이는 지금 불안한 거라고 했다. "가까이 가지 마. 원숭이 주인이 지금 오는 중이야." 하지만 나는 원숭이가 정말 불안한 건지 의심스러웠다. 내 눈에는 오히려 놀란 듯했다. 아래로 내려올 생각은 전혀 없어 보였다. 커다란 우리를 가져온 주인이 바나나로 유인해도 소용없었다. "뒤로 물러나세요." 주인이 모인 사람들에게 말했지만 거의가 들은 척도 하지 않았다. 누가 자발적으로 상등석을 포기하겠는가.

듣자 하니 그 바르바리마카크는 사설 동물원에 있던 원숭이였는데, 몇 년 전부터 그곳의 최대 볼거리였던 모양이지만 그럼에도 하루 관람객은 몇 되지 않았다. 하지만 우리를 탈출한 지금은—주인은 맹세코 불가능한 일이었다고 주장했다—관람 가치가 불현듯 엄청 뛰었다. 그랬다, 원숭이는 튼튼한 우리가 아니라 용마루에 있다는 오로지 그 이유로 마흔다섯 명이 넘는 구경꾼의 무조건적인 관심을 받았다. 그리고 내가 원숭이의 얼굴에서 당혹스러움을 읽은 것도 어쩌면 빛이 점차 사라지면서—해는 원숭이 머리를 비추기로 결정하기라도 한 듯 서서히 졌다—그 얼굴이 점점 더 흐릿한 그림자처럼 보였기 때문인지 모른다. 눈을 가늘게 뜨자 더는 원숭이가 제대로 보이지 않았다. "사라졌다!" 누가 고함을 질렀지만, 이윽고 해가 용마루 아래로 떨어지고 나서 보니 원숭이는 아까보다 더 수수께끼 같은 표정으로 여전히 거기 앉아 있었다. 아마 불가사의하고 엄청난 물의를 일으킨 원숭이의 용마루 등장이 활활 타오르듯 붉게 물든 하늘을 무대로 펼쳐졌기 때문에 그런 표정으로 보였던 것 같다.

원숭이는 아까와는 달리 부동자세가 아니었다. 이제 삶이 찾아왔다. 녀석은 당황스러운 손짓으로 몸을 긁었다. 하지만 금세 멈추고 또다른 자세로 얼어붙었다. 하늘이 빛의 스위치를 딸깍 끄고 모든 것이 암청색이 되었을 때, 이 원숭이—홀로 자유롭게 용마루에 쭈그리고 앉은—에게는 완전히 압도적인 뭔가가 있었다. 원숭이가 우리에게 정확히 무엇을 불러일으켰는지—손해나 상실이나 슬픔인지, 아니면 녀석이 지금 누리는 자유에 대한 달콤쌉쌀한 진기한 기쁨인지—더 자세히 설명하진 못하겠다. 어쨌든 주변의 모든 구경꾼이 조용해졌다.

날이 점점 더 어두워졌다. 한 남자가 군중 속에서 나오더니 옆의 단독주택으로 들어갔다. 자리에서 움직인 유일한 사람이어서 눈에 띄었다. 지빠귀들의 노랫소리는 해가 넘어가는 동안 급격히 커졌지만 이제는 마지막 한 마리도 노래를 그쳤다. 습도 변화 때문인지, 아니면 그사이 잔잔해져서 이제는 고속도로의 소리를 실어나르지 않는 미풍의 변화 때문인지 모르겠지만, 어쨌든 교통 소음조차 들리지 않았다. 완벽한 정적이 찾아왔다. 어린 소녀 하나가 무슨 이유에선지 손에 들고 있던 포크를 떨어뜨리자 모였던 사람들이 모두 흠칫 놀랐고, 포크를 얼른 주워든 아이 엄마는 민망한지 우리 시선을 피하려고 원숭이만 노려보았다.

아까 사라졌던 남자가 원숭이만한 뭔가를 팔에 안고 집에서 다시 나왔다. 그 물건은 어둠 속에서 포크처럼 잠깐 빛났다. 남자는 군중을 헤치고 텅 빈 이웃집 정원에 들어섰다. 소리내는 사람은 여전히 아무도 없었다. 우리는 그제야 남자가 튜바를 들고 있다는 걸 알아챘다. 남자는 마우스피스를 입술에 가져다댔다. 그러고는 마치 원숭이에게 주인의 품으로 돌아오라고 호소하거나 그 위에 그대로 있으라는 소망을 표현하려는 듯이—사실이 뭔지 누가 알까, 그에게 물어보지 않았으니—연주를 시작했다. 남자가 형식에 얽매이지 않고 연주하는 튜바 음악은 마음속 깊이 와닿았다—원숭이와 밤과 우리를 에워싼 정적이 튜바 음색에 제대로 된 효과를 내주었다. 금관악기 소리가 지평선까지 펼쳐진 검은 벨벳 위에 반짝이는 진주방울처럼 퍼졌다.

내 옆에 있던 중년 남자가 소리 없이 눈물을 흘렸다. 튜바를 든 남자가 황홀한 랩소디를 마쳤다. 그후로 다시는 듣지 못한 멜로디였고, 몇 년 후에야 그 작품이 비토리오 몬티의 〈차르다시〉였다는 사실을 알아냈다.

드디어 관청 직원들이 도착했다. 탐조등이 원숭이를 향했다. 원숭이는 일어나 용마루 위를 왔다갔다했지만, 이리저리 움직이는 탐조등 불빛을 피하지 못했다. 수의사의 진두지휘 아래 날아간 마취 화살이 원숭이 상체를 맞혔다. 화살을 쏜 뒤 우리는 더 깊은 정적 속으로 가라앉는 것 같았다. 원숭이는 다시 앉더니 머리를 가슴으로 내렸다. 앞으로 고꾸라지면서 배부터 미끄러져 덤불로 떨어졌다. 정적이 끝났을 때 우리는 최대한 빨리 그 자리를 벗어났다.

우리는 계속해서 유럽을 가로질러 나아갔다. 여행은 발레마르의 건강에 좋지 않은 영향을 끼쳤다. 오래 앉아 있고, 차에 타고 내리고, 오래 걸어야 했으니까. 하지만 스텐토프테의 콘크리트 미로에 있는 것보다 수천 배는 나았다. 혹시 그리운 사람은 없을까? 발레마르는 아니, 없다고 대답했다. 나도 마찬가지였다. 우리 둘은 다른 사람들과의 관계를 끊어버렸다. 어쩌면 다른 사람들이 우리와의 관계를 끊었는지도 모른다. 모든 것을 떠난다는 게 우리에게는 지극히 자연스럽게 느껴졌다.

우리는 집이 있는 그 세상이 우리를 잊었다고 느끼며 여행했다. 시공간에서 자유로웠다. 나는 집이 여전히 존재한다거나 돌아간다는 것 자체를 묘하게 유치한 방식으로 의심하면서도 발레마르에게는 가족에게 연락하라고 권했다. 하지만 소용없었다. 함부르크를 지난 직후에는 그도 연결상태가 좋지 않은 휴대전화로 가족에게 연락해서, 메아리와 비틀린 목소리가 난무하는 가운데 유령처럼 이상야릇한 대화를 나눴었다. 나는 치유자를 찾아간다는 난센스에 여전히 화가 났지만, 여행 자체는 구球를 따라 흘러내리는 눈물처럼 저절로 굴러갔다.

이따금 토르비 엘 메키를 떠올려보려고 했지만 상상이 되지 않았다. 발레마르에게 그가 어떨 것 같은지 물었더니 외모는 중요하지 않다는 대답만 돌아왔다. 하지만 내가 발레마르에게서 확인하고 싶었던 건 결국 우리가 목적지에 도착할 거라는 사실이었다. 너무나 비현실적으로 보였으니까. 나는 늘 그랬다. 일단 뭔가를 더 자세하게 곰곰이 생각하면 모든 것이 실행 불가능해 보인다. 문을 여는 일조차 그렇다. 토르비 엘 메키라는 사람이 정말로 존재할까?

사건은 프랑스 국경 북쪽의 어느 국도에서 처음 벌어졌다. 우리는 풍경을 많이 보려고 상당히 긴 에움길을 택했고, 그러다가 밤이 되었다. 우리 뒤차가 갑자기 상향등을 번쩍번쩍 쏘아대는 통에 폭스바겐의 백미러가 산酸에 잠긴 알루미늄 판처럼 현란한 빛을 발했다. 칠흑처럼 어두운 밤이고 도로에 다른 차량은 전혀 없었으므로, 우리는 뒤차 운전자가 왜 바짝 따라붙는지 의아했다. 특히 발레마르가 성가셔했다. 음악을 들으며 잠들었던 그가 갑자기 깨서 번쩍이는 전조등을 자꾸만 돌아보았다.

"어떻게 좀 해봐!" 그가 말했다.

"뭘 해야 하는데?"

"뭐든. 더는 못 참겠어."

"그래, 알았어."

나는 그 차가 우리를 추월할 수 있게 깜박이를 켜고 갓길에 차를 세웠다.

"저 차도 섰어." 발레마르가 말했다. "길 한복판에."

"도로에는 멍청이가 많아. 그냥 계속 가자. 어두운 곳에서 혼자 운전하기가 두려운가보지 뭐. 그래서 우리 뒤에 있는지도 몰라."

"마음에 안 드네."

"진정해. 스웨터를 덮어쓰고 다시 잠을 청해봐."

"우리 뒤에 저 전조등이 있으면 그럴 수 없어."

"흠."

내가 클러치를 밟고 속도를 내자 뒤에 있는 차도 똑같이 속도를 높였다. 전조등 때문에 발레마르가 완전히 돌아버리려고 해서 나는 몇 킬로미터 더 가다가—가는 동안 그 차를 따돌리거나 먼저 보내려고 속도를 높였다가 줄이기를 반복했다—다시 차를 세우고 시동을 껐다. 추격자도—그가 우리를 추격한다는 사실은 이제 확실해졌다—우리를 따라 했다. 나는 끝장을 보고 싶었고, 너무 화가 나서 두렵다는 생각조차 들지 않았다.

"그냥 여기 있어." 발레마르가 말했지만 나는 차에서 내려, 그 승용차를 향해 성큼성큼 다가갔다. 상향등을 켜고 있어 고개를 아래로 숙여야 했다. 그때 시동이 다시 켜져서 나는 갓길로 물러났고, 차는 나를 지나쳐가는 대신 방향을 틀더니 온 길로 서서히 되돌아갔다.

후미등이 멀어졌고 이제 전조등 때문에 눈이 부시지도 않았으므로 그 차가 검은색 아우디라는 걸 알아볼 수 있었다. 내가 몸을 돌려 차로 돌아가자 어느새 내린 발레마르가 문에 기대 어둠 속으로 사라지는 두 개의 붉은 점을 노려보았다.

화제가 아우디에서 다른 것으로 바뀌기까지는 며칠이 걸렸다. 나중에는 그 차에 대해 할말이 없을 정도였다. 발레마르가 며칠 동안 쉬지 않고 그 이야기만 했으니까. 처음에는 내가 아직 살아 있는 게 다행이라고 우겼다. 분명히 완전 미친 사이코패스가 무기를 지닌 채 타고 있었을 거라는 주장이었다. 그러다가 갑자기 생각을 바꿔서, 그 추격자는 모르는 사람이 아니었다고 했다. 그럼 도대체 누구였냐고 묻자 우리에게 복수하려던 피트세르 아니면 주민센터 담당자, 아니면 기자라고 대답했다. 텔레비전 아침 방송 출연이나 자신의 해피엔딩 장애인 스토리에 오만해진 게 확실했다. "어쩌면 당신의 오랜 적인지도 모르지." 그의 말에 내가 대꾸했다. "유럽을 가로질러 나를 추격해올 만한 배짱 있는 적은 없어." 좋아, 그럼 세무서였겠지. 아니! 마약 단속 경찰이었구나. 그 사건은 점점 더 허무맹랑한 형태를 띠게 되었다. 나중에 그는 그 차가 바짝 뒤쫓아올 때 누군가에게 목이 졸리는 기분이었다고 말했다. 오싹한 그 사건을 그보다 더 명확하게 묘사할 수는 없었다. 나는 탐조등 불빛에 마비된 듯 앉아 있던 원숭이를 떠올렸지만 발레마르에게는 말하지 않았다. 그저 그 순간 철석같이 확신했던 것, 그 차를 다시 보는 일은 없을 거라고만 말했다. 발레마르는 대마초를 한 대 말았고 내 말에는 아무 대꾸도 하지 않았다.

우리는 프랑스 깊숙한 어딘가에서 여느 때와 다름없이 어딘가에 들르려고—이번에는 '치즈의 날' 축제가 열리는 마을이었다—큰 도로를 벗어났다. 그 마을을 떠난 지 한 시간이 지난 지금, 우리는 완벽하게 길을 잃었다.

"왜 내비를 안 샀을까?" 나는 수십번째 투덜거렸다. 대신 우리에게는 발레마르가 내비게이션이었다. 나는 이미 오래전에 두 손 들고, 엉뚱한 방향으로 간다는 걸 알면서도 그가 마음대로 하게 내버려뒀다. 교차로에서 열을 내며 입씨름을 벌인 뒤 체념한 나는 고집을 부리는 그에게 결정을 맡겨버렸고, 그다음 한 시간 동안 다소 혼란스러운 그의 방향 지시를 거의 아무 대꾸도 하지 않고 그대로 따랐다. 발레마르에게는 독특한 형태의 사디즘이 있어서 그 벌어먹을 교차로에서 내 말이 옳았다는 고백을 받아내는 건 완벽하게 불가능했다. 그는 바보가 아니었다—결국 우리가 길을 잘못 들었다는 걸 인정했지만, 아까 내가 주장한 길로 갔어야 했다는 말에는 길이 세 갈래였으니 그중 하나를 골라야 했다고, 내가 말한 길이 옳았다는 뜻은 아니라고 퉁명스럽게 대꾸했다.

나는 분노를 억누르고서 지도를 함께 볼까 물었다. 발레마르는 어차피 텅 빈 눈길로 들여다보고 있던 지도를 넘겨주었지만, 그때는 구불구불한 길을 이미 많이 지나온 뒤라 나도 방향감각을 잃은 터였다.

이제 우리는 산을 오르는 중이었다. 프랑스를 통틀어 가장 외진 리무쟁 지역인 것 같았다. 우리는 길을 물어볼 수 있는 누군가와 마주치길 기대했다. 나는 프랑스어를 시원찮게 몇 마디 할 줄 알았고 발레마르는 전혀 못했지만, 누가 지도에서 현재 위치만 알려주면 나머지는 둘이서 잘 해결할 수 있다는 데 의견이 일치했다. 이 계획에 우리는 다시 낙관적으로 바뀌었다. 이제 누군가를 발견하기만 하면 되었다. 그러나 아무도 만나지 못했다. 길은 점점 더 가팔라지고 급커브로 구불거리며 위로 향했다. 나는 잘 보이지 않는 절벽의 튀어나온 부분을 무작정 돌아갈 때면 경적을 울렸다. 처음에는 비옥한 상록 계곡들에서 경적이 메아리쳤지만, 점점 더 올라갈수록 공기는 안개로 농축되어 메아리를 집어삼켰고 시야도 점점 나빠졌다.

처음에는 산과 하늘이, 그다음에는 숲과 암벽이 분간되지 않았고 마침내 눈앞의 좁은 길만 보였다. 어렴풋이 짐작하기로 길 오른쪽이 가파른 낭떠러지였다. 폭스바겐 승합차는 경사에 맞서 싸웠다. 심한 급경사에서 기어를 1단으로 내려야 했고, 모든 것에 침투하는 축축한 공기 속에서 모터는 잔기침을 해댔다. 하필이면 이런 곳에서 멈춰서고 싶은 마음은 전혀 없었으므로 차를 살살 달랬다. 안개등을 켰지만 거대한 베개 속을 비추는 느낌만 들었다. 타르 포장도로가 끝나고 자갈길이 시작되었다. 바퀴가 포장도로를 지날 때 나던 나지막한 소음은 버스럭거리는 소리로 변했다. 앞유리에 물방울이 맺혔다가 떨어졌다. 차창 틈새로 안개가 스며들어 사우나에 앉아 있는 것처럼 모든 게 축축해져서 유리창을 올렸다.

우리는 점점 더 높이 올라갔고, 서서히 시간감각을 잃었다. 둘 다 아무 말도 하지 않았다. 불안과 무기력 사이에 기이하게 떠 있는 상태였다. 주위의 흰 안개가 이따금 걷혀서 그림자 세계를 어렴풋하게 알아볼 수 있었는데, 마취에서 천천히 깨는 것과 비슷했다. 안심되는 게 아니라 불안이 더 커졌다. 뭐라고 할지 알 수 없는 낯선 요소들에 에워싸인 우리는 안개 속에서 흐릿하게 떠오르는 윤곽들이 뭔지 알아보려고 애썼다. 소용돌이치는 안개 속에서 일그러진 형체가 커다랗게 솟았다. 어린 시절의 괴물, 악몽에 등장하는 오랜 적이었다. 나무들인지도 알 수 없었다. 그렇다, 지금까지도 나는 그게 뭐였는지 잘 모른다. 우리는 예상치 못한 뭔가가 출현할 수도 있는 숨막히는 하얀 정적 속을 지나고 있었다. 그랬다, 비행접시나 원시시대의 괴물 또는 우리의 도플갱어가 나타날지 모른다는 예상도 했다.

드디어 경사가 완만해지고 길이 다시 넓어져서 우리는 갓길에 차를 세웠다. 나는 심호흡을 하고는 이 안개에 질렸다고 말했다.

"안개가 걷힐 때까지 기다리면서 한 대 피우자." 발레마르가 말하고 라이터 불을 담배에 갖다댔다. 그는 글러브박스에 대마초를 조금 숨겨뒀다. 나는 대마초가 그저 의학적 용도라는 걸 세관원이 믿지 않을 거라며 설득했지만 발레마르는 꿈쩍도 하지 않았다. 생판 모르는 도시에서 바보처럼 대마초를 찾아 돌아다닐 생각은 전혀 없다고 했다! 사실 그가 가진 대마초는 조금이 아니라 꽤 많은 양이었다. 어쩌면 내 짐작보다 훨씬 더 많을지도 몰랐다. 헤프게 피우는 걸 보면 혹시 차에 더 많이 숨겨둔 게 아닐까 하는 생각이 이따금 머릿속을 번쩍 스치고 지나갔다. 하지만 발레마르는 그냥 아무 생각 없이 피우는 걸 수도 있었다. 어쨌든 나는 유럽을 떠날 때 어떤 일에도 엮이지 않기로 작정했다.

"우리 지금 구름 속에 앉아 있어. 이런 일은 한 번도 겪은 적이 없는데." 내가 말했다.

발레마르가 대마초에 불을 붙였다. 나도 함께 피울 생각이었다. 에어매트리스와 침낭 두 개가 차에 있으니, 오늘은 반드시 운전을 더 할 필요가 없었다.

대마초를 피우는 동안 우리는 말을 많이 하지 않았다. 유리창 앞은 여전히 모든 게 희었지만 이따금 잠깐씩 안개가 걷혀서 주변을 볼 수 있었다. 길 양쪽은 밭이었는데 이미 오래전부터 돌보지 않은 듯했다. 유리창 앞의 안개가 시야를 가리듯이, 대마초 연기도 차에 앉아 있는 우리를 서서히 몽롱하게 만들었다.

"이제 우리 여기 갇혔네." 내가 말했다.

"그래, 이제 우리 여기 갇혔지."

그러고선 내가 잠이 든 모양이었다.

깼을 때 안개는 걷혔고, 이미 어두워진 후였다. 발레마르는 옆에서 잠들어 있었다. 차에서 대마초 냄새가 났다. 나는 문을 열고 차에서 내렸다.

공기는 차고 시원했고, 반짝이며 떠는 별들 앞에는 작은 구름 몇 점뿐이었다. 분화구들이 흩뿌려진 둥근 달이 하늘 높이 떠서 차가운 빛을 비추고 있어, 노는 밭 사이에 있는 나무들이 은빛으로 반짝이며 선명한 그림자를 던졌다. 엄청난 정적이 흘렀다. 안

개에 에워싸여 있을 때와는 다른, 더 투명한 정적이었다. 소음은 누그러지지 않았다. 아니, 누그러진 게 아니라 아예 존재하지 않았다. 압도적인 낙담이 엄습했다. 뭔가 멍청한 짓을 저질렀을 때 느끼는 고독이었다. 나는 차에서 잠든 발레마르를 흘낏 보고 그냥 집으로 데리고 가야 하지 않을까 고민했다. 그가 내 품에서 죽을까봐 몹시 두려웠다. 내가 이렇게 우울하고 의기소침해진 건 어쩌면 대마초 때문일지 몰랐다.

그때 모터 소리가 들렸다—소형 오토바이 같았다. 나는 길을 물어보려고 얼른 지도를 집어들었다. 모터 소음이 커지더니 잠시 후 작고 하얀 빛이 시야에 들어왔다. 알고 보니 자전거 불빛이었다…… 거의 다 다가왔을 때 보니 뒷바퀴에 벨로솔렉스 모터를 조립한 전형적인 덴마크식 짐자전거였다.

내가 손짓하자 자전거를 탄 여성이 갓길에 섰다. 사소한 인사 몇 마디를 주고받다가 그녀가 덴마크어로 덴마크 사람이냐고 물었다.

"네."

"마당으로 가려는 거예요?"

"무슨 마당요?"

"아, 우린 그냥 그렇게 부르거든요. 우린 이 근처에서 집 하나를 나눠 쓰는 예술가들이에요…… 우리를 찾아오는 사람인 줄 알았어요. 여기 이 꼭대기에서 누군가 길을 잃는 일은 드물거든요."

"어, 아니에요. 그냥 길을 벗어난 거예요…… 이 근처를 좀 구경하고 싶기도 했고."

"그러니까 여기 온 건 그냥 얼떨결에 벌어진 우연이라 그거죠? 아마 그런 모양이네요."

"네." 나는 웃음을 터뜨렸다.

"으악, 으스스하네요. 안개 때문인가봐요." 그녀가 말하고는 함께 웃었다.

그러고는 막 잠이 깨서 머리를 긁적이는 발레마르를 보고 손을 흔들었다. 발레마르도 마주 손을 흔들었다.

"저 남자도 덴마크 사람이에요?"

"네."

"그러면 여행을 계속하기 전에 우리한테 들러서 꼭 한잔하고 가야 해요."

여자는 우리에게 길을 설명하다가 잠시 멈추고 여기서 십 분밖에 안 되는 거리니까 그냥 따라오라고, 그건 그렇고 자기 이름은 이다라고 했다. 우리는 그녀를 따라 작은 마을로 들어갔다. 잿빛 돌집들이 들어선 그곳이 세상과 동떨어진 프랑스식 산장이라는 사실은 어둠 속에서도 알아볼 수 있었다. 마당은 오 분 거리였다.

우리는 진입로에 주차한 후 이다를 따라갔다. 나는 휠체어를 차에 두고 몸만 나온 발레마르를 기다렸다. 이다도 멈춰 서서 그를 지켜보았다. 나는 발레마르의 증상 한두 개를 이다에게 설명할까 잠깐 고민하다가 더 나은 생각이 떠올라서 발레마르는 차에 휠체어를 싣고 다니지만 천천히 움직이면 짧은 거리는 걸을 수 있다고만 말했다.

"그럼 천천히 움직이면 되죠." 이다가 대답했다. 발레마르는 걷는 데 집중하느라 우리 대화를 듣지 못했다. 이다는 문을 열고 신발을 벗어 집어던지고는 다른 문 하나를 더 열고 소리쳤다. "손님 왔어!"

우리 앞에 있는 공간은 크고 천장이 높았으며 바닥은 돌이었다. 좁은 쪽에는 2층으로 이어지는 계단이, 왼쪽으로는 부엌이 보였다.

빈 와인 병들과 넘치는 재떨이가 소파 탁자에 놓여 있었다. 소파에는 잔뜩 취한 바가지머리 남자가 입에 담배를 물고 있었다. 방에는 그 남자뿐이었다. 이름이 토르킬이라고 했는데, 이다가 따라준 와인을 들고 우리가 소파에 앉자 그는 정말이지 끝도 없이 수다를 떨기 시작했다. 토르킬은 타인을 첫눈에 간파할 수 있다고 믿는 부류였다. 우리가 누군지 아니까 일단은 아무 말 하지 않아도 된다고 했다. 그러곤 마침 여자친구에게 차였다며 그 이야기를 우리에게 꼭 해야겠다고 떠들었다. 설치예술가였던 그녀도 여기서 공동체 생활을 했지만 지금은 그녀가 사귀는 성性 문제 전문가가 있는 파리로 이사 갔다는 것이었다. 그 성 문제 전문가는 파렴치하기 짝이 없는 속임수로 자기 여자를 빼앗았다고, 지난한 과정이었다고 했다. 퀴어 이론에 관한 다큐멘터리 영화 시사회 때 만났는데, 그가 그녀를—다시 말하지만 그녀만!—저녁식사에 초대했다고 했다. 자기가 바로 옆에 서 있는데도! 남자는 넉넉하게 요리한 주철 프라이팬째 식탁에 내놓았고, 그녀는 친한 여자 친구인 듯 그와 이야기를 나누며 와인을 끝도 없이 마셨다.

"그 남자는 서서히 우리 관계를 망가뜨렸죠." 토르킬이 말을 이었다. "나는 속수무책이었어요. 그렇게 교활한 사람은 감당이 안 되거든. 그래, 난 사람들이 선하다는 것만 믿어요. 솔직히 말하자면 너무 순진해서 그런 사람들에게 맞서지 못해요. 어린아이처럼 세상을 보니까. 그런 점 덕분에 멋진 예술가로 살 수 있긴 하지만 바깥세상의 빌어먹을 놈들을 상대하면 다치기 십상이죠. 첫날 저녁부터 이미 그놈은 우리 둘 사이를 이간질하더군요. 특히 성생활과 관련해서. 그는 자기 계략에 맞서려는 나를 계속 과대망상증 환자로 몰아갔어요. 언제나 내가 이기적이고 냉정하다는 비난이 잠재되어 있는 것처럼 들렸죠. 그러다가 결국은 카롤리네의 비난까지도 들어야 했어요. 비난 뒤에 그 남자가 있다는 걸 뻔히 알겠더군요. 그녀가 선택하는 단어 때문이었죠. 생전 안 쓰던 단어들을 쓰더라고요. 한번은 딜도를 내 항문에 쑤셔넣으려고 하면서, 피에르의 제안이라는 걸 숨기려고도 하지 않았죠. 그 방법만이 우리 성생활을 구제할 수 있다고 했다나. 카롤리네는 전문가입네 하는 허튼소리를 지껄이면서 마치 정치 얘기라도 하듯이 딜도에 대해 너무나 심각하게 토론을 벌이려고 했어요. 피에르의 항문을 딜도로 쑤신 사람은 아무도 없는 게 확실해요. 카롤리네도 그러지 않을 거고. 그런데 나는 너무 멍청해서 그 말에 따른 거죠……"

"토르킬, 너 분명히 금방 잠자리에 들려고 했던 것 같은데."

이다가 끼어들었다.

"아니, 아니야. 빌어먹을, 속 시원하게 말 좀 하자고. 너도 지금 카롤리네처럼 말하고 있어!"

그러나 토르킬은 너무 열을 낸 뒤였다. 잠잠해져서는 바가지머리 아래로 눈을 슬쩍 들어 곁눈질을 하더니 레드와인을 더 마시고 담배도 한 개비 더 물었다. 이따금 불쾌감을 드러내며 뭐라고 혼잣말을 중얼거리기도 했다.

이다는 우리에게 질문을 퍼붓기 시작했다. 우리 여행이 도무지 이해가 안 되는 눈치였는데, 발레마르는 정보를 주는 데 인색

하지 않아서 얼마 지나지 않아 피트세르의 돈과 모로코에 있는 치유자에 대해 모두 털어놓았다.

이제 충분하다는 느낌이 들었을 때 나는 예술가 공동체로 화제를 돌렸다.

이다는 원래 여섯 명이 이곳에 이사 왔다고 대답했다—2001년 보수당 안데르스 포그 라스무센이 정권을 잡은 직후의 일이었다고 했다. 결정적으로 그의 신년 연설에 완전히 질려서였다.

"우린 정부에 대한 반감을 어떤 식으로든 표현해야 한다고 느꼈어요. 덴마크에서 프리랜서 예술가들을 향한 전쟁이 시작됐을 때 외국으로 왔죠. 고민해오던 문제에 대해 그렇게 결론을 내린 거예요. 따지고 보면 공동체를 만든 건 체제 변화에 대한 항의였죠. 우린 덴마크가 너무 창피해서 이민할 수밖에 없었어요. 정치적 해프닝 비슷한 거였죠." 이다는 그렇게 설명한 후 예술과 정치, 나중에 공동체에 들어오거나 떠난 사람들에 대해 더 이야기했다.

담배가 재떨이 안에서 필터까지 타들어갈 때까지 상체를 앞으로 숙이고 앉아 있던 토르킬이 갑자기 머리를 번쩍 들더니 눈을 크게 뜨고 우리를 노려보았다. 눈이 다시 어느 정도 정상 크기로 돌아오자 그는 잠자코 와인을 한 잔 더 따르는 이다에게 말을 걸었다. 그러고는 불만 가득한 얼굴로 와인 병을 노려보다가, 아직도 절반이 남은 걸 보고 다시 떠들기 시작했다. 프랑스 성 문제 전문가에 대해 얘기하면서 이번에는 피에르가 아니라 피에로라고 했다. 우리가 킥킥거리자 그는 웃을 일이 아니라며 고함을 질렀다. "아이들을 그런 괴물에게 맡기면 안 돼요!" 어릴 때 그는 그런 권리 침해를 직접 겪은 적이 있다고 했다. 부모님이 그를 피에로 공연에 데려갔다. 피에로가 달걀 하나를 무대에 올려놓고 깬 다음 팬케이크를 만들어 아이들에게 주었는데, 그 기억이 머릿속에 남아 지워지지 않는다고 했다…… 시체처럼 창백한 얼굴에서 도드라져 보이던 화장한 붉은 입술, 불현듯 그의 손에 들려 있던 달걀과 팬케이크 냄새. 나는 그에게 동의할 수밖에 없었다—사실 아이들에게 해선 안 될 행동이었다—하지만 내가 수긍하자 토르킬은 불쾌해하기만 했고, 루저라며 우리에게 욕을 퍼붓더니 다시 몸을 푹 숙이고 잠들었다.

지금 와서 그때 마당에 있던 사람들을 생각해보면 각기 특정 이미지가 순식간에 떠올라 다른 것을 전부 밀어내버린다. 토르킬은 바가지머리, 이다는—이 자리를 빌려 꼭 말하고 싶다—솜털이 덮인 윗입술. 이다가 달빛 아래 크리스티아니아 자전거에서 내렸을 때 그게 제일 먼저 눈에 띄었다.

이다는 우리에게 이것저것 좀더 캐물었다. 잔을 비운 후 우리는 토르킬을 소파에 뉘었다.

"둘이 한방 써도 되겠죠?" 이다는 그렇게 묻더니 개조한 헛간으로 안내했다. 침대 두 개, 그리고 한구석에 팔걸이의자가 하나 있었다. 이다가 이불과 침대보를 가져다주었고, 나는 내 것뿐 아니라 의자에 털썩 주저앉은 발레마르의 잠자리까지 준비해야 했다.

"하필이면 잠자리 준비가 질색인 나에게 이런 일이 생기다니." 나는 한숨을 내쉬었지만, 발레마르는 아무 대꾸 없이 몽유병환자처럼 준비가 끝난 침대로 가서 신발만 벗고 옷은 그대로 입은 채 쓰러졌다—긴 하루였다. 나는 몰래 나가서 남은 와인을 마저 마실까 잠시 고민하다가 그냥 침대에 누워 천장을 노려보았다. 잠이 발소리를 죽이고 살그머니 다가왔다.

다음날 아침, 나를 어루만지는 첫 햇살에 일찍 잠에서 깼다—간밤에 우리는 커튼을 치지 않은 터였다. 나는 어제 입었던 옷을 걸치고 밖으로 나갔다. 발레마르는 여전히 자고 있었다. 해는 이미 지평선 위로 떠올랐고 얇은 층을 이루어 짙게 드리웠던 안개도 서서히 걷혔다.

마당 뒤쪽에는 작은 연못 방향으로 경사진 풀밭이 있고 그 뒤로 숲이 이어졌다.

그곳에서 한 남자가 이젤 앞에 서서 수채화를 그리고 있었다. 그는 내가 뒤에 바짝 다가서고 나서야 알아챘다. 나는 어제 이다를 만났고, 친구와 함께 여기서 숙박했다고 말했다.

남자의 이름은 헬메르였다.

"나는 그림을 그리려고 아주 일찍 일어나죠. 음…… 이 빛 때문에. 다른 일에는…… 전혀 흥미가 없어요. 어…… 그러니까 이게 유일한……"

그는 담배를 들어서 팔레트의 청회색 용액에 재를 떨고, 붓을 담갔다가 화폭에 선을 하나 그은 다음 말했다. "완성!" 그는 구순구개열에 어린 시절 시골에서 집단 따돌림을 당하며 지옥을 겪었는데도 뭐든 늘 좋게 생각하는 사람이었다. 분명 사십대 초반은 돼 보였지만 옷에서는 아직도 초등학교 때 먹은 버터 빵 냄새가 풍겼다. 그는 여기 온 후로 더는 의미 있는 작품을 그리지 못했다고 했다. 목가적 생활이 자기를 은둔하게 만들었다고, 하지만 절대 이곳을 떠날 생각은 없어서 하루에 두어 번 연못으로 내려와 수채화를 그리는 걸로 만족한다는 것이었다. 그렇게 소일하고 지내며, 물려받은 유산이 조금 있다고 했다. 그가 나에게 담배를 권했다. 우리는 풀밭에 앉아 연못을 바라보았다. 잠자리 한 마리가 연못 위를 맴돌며 순찰하고, 거대한 딱정벌레 한 마리가 물 위에 늘어진 긴 풀줄기에서 헤매고 있었다. 쉴새없이 기어다니는 딱정벌레 때문에 풀줄기 끝이 수면을 스치며 작은 원들이 만들어졌을 뿐, 연못은 거울처럼 잔잔했다.

집안에 생기가 돌았다. 우리는 아침식사를 하러 올라갔다. 그

사이 발레마르도 나와 있었다. 잠옷 위에 가운을 걸친 남자가 계단을 내려와 헬메르 옆에 앉았다. "시몬이라고 해요." 그는 자기소개를 하고 우리에게 고개를 끄덕여 보이더니 커피 한 잔을 따랐다. 토르킬은 아직 일어나지 않았고, 이다는 달걀을 삶으면서 반숙은 몇 분이나 있어야 하나라는 주제로 카를과 함께 흔해빠진 입씨름을 벌였다. 카를은 공동체의 비공식 우두머리처럼 보였다. 키가 거의 2미터였고 머리통이 크고 대머리였는데, 그 대머리가 인상을 완전히 좌우했다. 그의 옆에는 아내 에마가 앉아 둘의 아이인 델피에게 아침을 먹이는 중이었다. 델피는 식탁 끝에 앉아 말없이 다른 사람들을 관찰하고 있었다. 아이는 다섯 살이었다.

"델피가 남자아이 이름이에요, 여자아이 이름이에요?" 발레마르가 물었다. 델피가 남자아이라는 사실을 모르는 듯했다.

"우린 중성적인 이름을 골랐어요." 카를이 대답했다. 대화 주제가 뭔지 깨달은 델피는 양손을 식탁에 얹고 말했다. "내가 분홍색을 입을지 하늘색을 입을지 누구도 결정 못해!"

"맞아, 델피. 또는 네가 무슨 놀이를 해야 하는지도."

"응, 엄마. 내가 무슨 놀이를 해야 하는지 누구도 결정 못해." 에마가 델피에게 미소 지어 보이고서 접시를 건네자, 델피는 의젓하게 먹기 시작했다.

"델피는 남자아이야." 내가 발레마르에게 말했다. 그가 사람들의 대답에 만족 못하고 그 주제로 대화를 계속하려는 눈치였기 때문이다.

"그러니까 델피는 남자아이 이름이구나." 발레마르가 확인하듯이 말했다.

카를이 화난 시선으로 그를 노려보았다.

"달걀 다 익었어!" 이다가 소리를 지르고는 전기레인지에서 냄비를 들어 싱크대 수도꼭지 아래로 가져갔다.

"확실해?" 카를이 따지듯 물었다.

"카를." 에마는 그렇게만 말하고 미소 지으며 이마에서 고수머리 한 올을 걷어냈다.

이다가 달걀을 가져와 식탁에 끼어앉으며 말했다.

"발레마르와 아스게르는 모로코에 사는 치유자에게 간대."

나는 바보가 된 기분이었지만 발레마르는 침착하게 달걀 위쪽을 깨뜨리고 있었다.

"모로코라, 흥미진진하게 들리네. 둘 다 치료받으려는 거예요?" 에마가 캐물었다.

"아니, 나만요. 어쨌든 아스게르도 그럴 계획인 것 같지는 않아요."

"어디가 아픈데요?"

발레마르가 나열한 몇 가지 질병과 증세는 곧장 식탁에 있던 사람들의 연민을 불러일으켰다.

"치유자가 그걸 다 고칠 수 있다고 생각해요?" 에마가 물었다.

"그중 아주 적은 일부만 고친다고 해도 그걸로 만족해요."

말없이 앉아 있던 시몬이 자리에서 일어나더니 할일이 좀 있다며 짜증 섞인 하품을 하고 계단을 올라갔다. 우리가 반숙 달걀을 이리저리 쑤시는 동안 위에서 그가 돌아다니는 소리가 들렸다. 시몬은 정치 에세이를 쓰고 있다고 했다. 그곳에 머무는 내내 나는 내게도 글을 보여달라며 그를 귀찮게 했다. 그 에세이가 전혀 존재하지 않는다고 믿었기 때문에 음흉하게도 더 졸랐다. 그가 그저 방에 쭈그리고 앉아 손장난만 하고 있다는 의심이 들었다. 그러나 정치는 이곳에서 지내는 모든 예술가의 공통 주제였다. 헬메르조차 사람들 사이에 끼고 싶을 때면 자기 수채화를 이따금 정치적으로 해석했다. 아, 그건 그렇고 시몬 하면 연상되는 이미지는 짜증 섞인 하품이었다. 짜증이 섞였다는 것이 정확히 내가 하려던 말은 아닌 것 같아서 약간 망설여진다. 그는 피곤해서 하품하는 게 아니었다. 그의 하품은 일종의 버릇이자, 사람들의 말이 잠시 멈추는 침묵의 시간을 채우려는 소소한 속임수였다.

시간이 지나 모두 각자 방으로 돌아갔다. 카를은 우리가 원하는 만큼 얼마든지 머물러도 된다고 강조했다. "공간은 충분하니까요." 그가 거만하게 말했다. 대머리가 빛을 받아 반짝거렸다.

발레마르와 나는 마을 구경을 하려고 길을 나섰다. 한 농가를 지나는데 노인이 문밖으로 나왔다. 그는 우리에게 고개를 끄덕이고는 절뚝이면서 퇴빗더미로 다가가 마치 온도를 재려는 듯이 들고 있던 막대기를 푹 찔러넣었다. 퇴빗더미 옆에는 돼지 한 마리가 죽어 땅바닥에 등을 댄 채 사지를 쭉 뻗고 있었다. 돼지는 "여기 괜찮지 않아?"라고 말하는 분홍색 말풍선처럼 보였다. 경작지 위에서 종종거리는 제비들은 곤충에게는 죽음을 의미했다. 이곳에 있는 모든 것의 이면에 부패와 무자비가 숨어 있었다. 자연의 무자비를 드러내는 최고의 본보기는 휠체어에 앉은 발레마르였다.

"자연이 선한 의도를 품는 법이 없는다는 건 참 편한 일이야."

내가 말했다.

"선한 의도?"

"흠, 그러니까 누가 타인에게 뭔가 좋은 걸 해주려고 할 때 말이야. 누군가에게 최고의 것만 주려는 사람들보다 더 나쁜 건 없어."

"그래, 그건 늘 실패하니까."

우리는 마을로 향하는 오르막길에서 용을 쓰고 있는 낡은 픽업트럭 옆을 지나갔다.

"최고로 나쁜 게 뭔지 알아?" 내가 말을 이었다. "사람들이 늘 연민부터 느끼려고 한다는 거. 연민을 느끼면 도와주려고 하다가 모든 걸 더 망가뜨리거나, 아니면 사회더러 지원하라고 요구해. 그러면 사회는 그를 돕기 위해 다른 사람 모두를 억압하지. 어차피 처음부터 지원할 능력이 없으니까."

도로가 가파르게 기울고, 커브길 뒤로 마을이 나타났다.

"사실 연민은 우리가 넘치도록 장려하는 바람에 왜곡됐어. 올바른 연민을 조롱하는 꼴이 돼버린 거지. 우리는 복수심 같은 고귀한 감정을 포함해 다른 모든 감정을 억압했어. 모든 감정 중 복수심이 가장 인간적인데도."

우리는 뭘 좀 마시려고 나무 그늘에서 쉬었다. 햇볕이 이미 뜨겁게 내리쬐고 있었다. 서늘한 아침 햇살과 새들의 노랫소리는 단조로운 매미 울음소리와 햇빛에 바싹 메마른 풍경으로 바뀌었다.

“자연은 사악해. 자연과 사회는.” 발레마르가 요약했다.

“그래.” 나는 그렇게 대답하고 자연은 그에게 질병을 주었으므로, 사회는 그의 가족에게 그를 돌보는 대가를 지불했으므로 사악하다고 덧붙였다.

발레마르는 스텐토프테와 멀어진 지금에야 사회가 돈을 지불함으로써 그와 그의 엄마 사이에 얼마나 사악한 균열을 일으켰는지 제대로 깨달았다. 이제야 굴욕의 정도와 그 뒤에 숨은 악의를 알아챘지만, 사회와 달리 자연은 그저 사악하기만 해서 늘 우위를 차지했다. 그 점에서 우리는 의견이 일치했다. 얘기를 하다 보니 우리는 마을에 도착했다.

경사를 내려와 땀범벅이 된 채 광장에 들어서는 우리를 사람들이 슬금슬금 훔쳐보았다. 우리는 햇살을 피해 광장에 있는 술집 비슷한 곳으로 들어갔다.

“이제 파스티스* 마시자!” 내가 소리쳤다. 우리는 잔을 들고 테이블로 가서 자리를 잡고 물을 따랐다. 색깔이 우윳빛으로 변했다.

“상쾌한 맛이군. 틀림없이 대마초랑 잘 어울릴 거야.” 발레마

---

* 아니스향이 나는 프랑스 식전주로, 대개 물에 희석해 마신다.

르가 말했다.

바닥에는 모래가 있고, 수다를 떨며 담배를 피우는 중년 남자들에게서 불어오는 담배연기가 허공에 떠 있었다. 그때 토르킬이 불쑥 나타났다.

"파스티스로군요." 그는 우리가 옳은 선택을 했다는 듯 말하고는 판매대로 갔다가 우리 탁자로 돌아왔다.

토르킬은 흥분이 가라앉은 상태였다. 장광설과 장탄식이 줄고 우리 여행에 대해 이야기하는 발레마르에게 귀를 기울였다. 그러다가 수다가 길어지자 그냥 "파스티스 마셔요"라고만 말했다.

카메라를 어깨에 멘 이다도 들어와 우리와 합석했다. 윗입술 솜털에 땀방울이 매달려 있었다. 이다가 발레마르의 사진을 찍고 액정화면에서 확인하는 동안 바텐더가 이다 앞에 파스티스 한 잔을 가져다놓았다.

"발레마르, 당신 아우라가 굉장해요. 이봐요들, 이거 인화했다고 생각해봐요." 이다가 흥분해서 토르킬과 나에게 사진을 보여줬다—나쁘지 않았다. 그녀는 발레마르가 기름이 잔뜩 낀 검은 머리 그대로 카메라를 노려보는 모습을 잡아냈다. 그의 앞에는 파스티스 잔이, 배경으로는 판매대 뒤쪽에서 잔을 닦는 바텐더가 흐릿하게 보였다. 광장 쪽으로 난 커다란 유리창으로 햇살이 들어오고, 발레마르의 얼굴 반쪽은 그늘져 있었다.

우리는 잔을 마저 비우고 그곳을 나왔다. 더위가 곧장 달려들었다. 우리는 마당으로 향하는 오르막을 함께 올랐다. 이다는 앞으로 달려가 우리 세 명의 사진을 찍었다. 토르킬은 힘을 아끼려고 휠체어에 앉은 발레마르 뒤에 올라섰다가 속도가 뚝 떨어진 휠체어가 굼뜨게 웅웅거리기 시작해 다시 폴짝 뛰어내렸다. 이다는 그 모습도 카메라에 담았고, 나중에 인화해서 우리에게 선물로 주었다. 나는 그 사진을 아직도 가지고 있다—휠체어 뒤쪽에 왕좌 등받이처럼 솟아 있는 토르킬, 비스듬히 그들 뒤에서, 견적이라도 내려는 양 턱을 치켜들고 풍경을 감상하는 나. 늘 그렇듯 휠체어 조종스틱을 한 손으로 감싼 채 똑바로 앞을 보는 발레마르. 미소 짓고 있는 토르킬과 달리 발레마르는 인종학자에게 사진을 찍히는 인디언 같은 표정으로 앉아 있다. 내 생각에 그가 사진 찍히는 일이 자주 있었을 것 같지는 않다. 연초에 언론 보도와 관련된 사진, 그래, 그 사진은 있지만 유년기 사진은 본 적 없다.

우리는 커다란 부엌 식탁에 둘러앉아 저녁식사를 했다. 메뉴는 마을 푸줏간에서 산 양고기 소시지, 바게트와 샐러드였다. 에마가 프라이팬째 가져온 소시지는 그때까지도 뜨거운 기름에 지글지글 구워지고 있었다. 그녀는 소시지를 작게 잘라 후후 불어 델피에게 주었다. 델피는 자그마한 자기 접시에 놓인 음식을 보고 노래하는 듯 이상한 소리를 냈다. 발성연습을 하는 가수 같았다.

"델피, 아직 너무 뜨겁니?" 에마가 물었다.

"아니, 딱 맞아."

토르킬은 약간 취해 있었다.

"좋은 생각이 났어. 핫도그를 만들어 먹어야지." 그는 냉장고에서 겨자를 꺼내고 빵칼도 가져왔다.

"잘 봐. 이 몸이 이제 핫도그를 만들 테니까. 핫도그 먹을 사람? 시몬, 하나 먹을래? 발레마르? 아스게르?"

"남자들만 먹는 거야?" 에마가 물었다.

"아니, 아니야. 당연히 아니지. 에마? 이다?"

"아니, 됐어." 에마가 대꾸했다.

"포기할래." 이다의 말이었다.

"그러시든가."

토르킬은 바게트를 한 조각 잘라낸 다음 옆을 잘라 벌려서 안쪽에 겨자를 바르고 소시지를 끼웠다.

"핫도그의 미학에는 뭔가 좀 우스꽝스러운 게 있어…… 소시지가 빵보다 길어야 하잖아. 하지만 어쩔 수 없지. 바꿀 수 없는 일도 많으니까."

그가 소시지를 한입 베어물었다.

"이 디종 겨자는 진짜 톡 쏘네."

"토르킬, 좋아." 카를이 말했다.

"무슨 뜻이야?"

"좋다고 하잖아. 다른 뜻 없어." 에마가 말했다.

"네, 좋대요, 토르킬 아저씨." 델피도 그렇게 말하고는 소시지 한 조각을 입으로 가져갔다. 그러자 토르킬은 당황해서 아무 말도 더 하지 않았다. 나는 그에게 연민을 느꼈다. 사람들의 말투가 마음에 들지 않았고, 그래서 연대감을 보이기 위해 나도 핫도그를 하나 만들까 고민했다. 반항심에서 비롯된 것으로 이해한 그의 반응에 말하자면 동조하는 것이었다. 소시지를 빵에 끼운다는 것이 그에게는 어떤 해방의 행위였다.

"원래 케첩이랑 볶은 양파가 있어야 하는데." 토르킬이 말하고 나서면서 또다시 말다툼의 링에 올랐다.

"그래요, 그것도 있어야죠." 내가 강조했다.

"맞아." 발레마르드도 동의했다. "오이 피클도."

"이곳에서는 케첩을 안 먹어요." 에마는 그렇게 말하고 이마로 늘어진 고수머리 한 올을 불어냈다.

"케첩을 먹는다면 양고기 소시지에게 섭섭하기 짝이 없는 일이지." 카를이 덧붙였다.

"카를, 어떻게 소시지에게 섭섭할 수 있어?" 이다가 웃음을 터뜨리자 카를도, 결국은 에마도 동의했다.

그리고 델피도. 토르킬은 핫도그를 다시 입으로 가져갔다. 그런데 소시지를 한입 깨물자 껍질이 터지면서 뜨거운 기름 줄기가 튀어올랐다. 그가 비명을 지르며 눈을 가리고 벌떡 일어서는 바람에 의자가 뒤로 넘어갔다. 그는 비틀거리며 싱크대로 갔고, 시몬이 가장 먼저 그에게 다가갔다.

"찬물!" 카를이 소리쳤다. 시몬은 토르킬을 도와서 눈을 씻어

낼 수 있게 머리를 수도꼭지 아래 대주었다. 에마가 수건을 가져왔다.

"괜찮아?" 헬메르가 물었다.

토르킬은 올려다보며 시험 삼아 눈을 깜박거렸다.

"어쨌든 보이긴 해. 그냥 무진장 아팠어."

"눈이 새빨개."

"아이고, 불쌍해라!"

카를은 소시지를 손가락 끝으로 들어올려 찬찬히 살폈다.

"바로 여기 육즙이 고였었네. 여기 봐, 껍질이 축 늘어졌어."

헬메르는 우울한 표정으로 소시지를 살폈다. 구순열 입술이 떨렸다.

토르킬은 다시 자리에 앉아 레드와인을 한 잔 따랐다.

"카를, 소시지 휘두르는 것 좀 그만둘래?" 그가 부탁했다.

"그래, 그래. 알았어." 카를은 그렇게 대꾸하고 소시지를 접시에 내려놓았다.

"아아아, 치워." 토르킬이 신음하며 접시를 옆으로 밀어놓고 와인을 한 모금 마셨다.

"핫도그가 실패해서 유감이네." 에마가 입을 열었다.

"난 핫도그 안 좋아해." 델피가 결론을 내며 작은 소시지 하나를 입안으로 밀어넣었다.

식사가 끝난 후 우리는 집 뒤쪽 풀밭에 앉아 와인을 마시며 이야기를 나누었다. 자리를 피한 토르킬만 빼고. 이다는 황혼 어스름에서 플래시를 터뜨리지 않고 발레마르의 사진을 찍었는데, 쥐죽은듯이 가만히 앉혀놓고 한참 셔터를 눌렀다. "연못을 봐요. 이런 식으로." 이다가 그에게 지시를 내렸다. 발레마르는 입에 풀줄기를 물고 씹었다. 그런 다음 이다는 티셔츠를 벗으라고 했다. 그는 이제 반바지만 입은 채 풀밭에 앉아 있었다. 흉곽이 쑥 들어가 있고 수술 흉터가 길게 나 있었다. 흰 피부는 고문서처럼 얇았다. 피부 아래로 동맥들이 또렷하게 드러나 보였다. 카메라가 찰칵거리는 소리가 왠지 모르게 편안하게 울렸다. 부드러운 빛은 가우시안 블러 같은 효과를 냈다. 카를과 에마는 둘이 어떻게 만나게 되었는지 얘기해주었다.

두 사람은 프리거니즘 덕분에 사귀게 되었다. 십 년 전 어느 날 밤, 둘은 프렌츨라우어 베르크*의 어느 쓰레기 컨테이너에서 만났다. 카를은 쓸 만한 식료품이 있는지 보려고 울타리를 넘어가 컨테이너로 뛰어들었는데, 그때 마침 에마가 거기서 고개를 내밀었다.

"첫눈에 반한 사랑이었죠." 카를이 열광적으로 말했다. 그때

* 고급 레스토랑과 부티크 등이 즐비한 베를린의 부촌.

얘기를 나누다가 둘은 자본주의적 약탈 구조를 벗어나는 게 대체로 불가능하다는 느낌을 받았다. 무엇을 사든 지원하고 싶지 않은 뭔가를 지원하는 꼴이었다. 카를과 에마는 낭비와 탐욕, 물질만능주의와 획일화의 악순환에 사로잡혀 있다고 느꼈다. 프리거니즘은 해방과도 같았다. 뭔가 사는 것을 최대한 거부하고 대신 중고제품을 사용하거나 슈퍼마켓이 내다버린 쓰레기를 뒤져서 먹을 만한 것을 찾는 게 프리거니즘의 원칙이었다.

"그 쓰레기 컨테이너에 찾을 게 얼마나 많은지 상상도 못할걸요!" 에마가 흥분하며 말을 이었다. "우리는 돈을 내고 산 건 뭐든지 늘 완벽하기를 요구해요. 아주 조금 갈라지거나 흠이 있으면 폐기처분하죠. 사람들이 선호하는 신선한 상품이 들어왔다는 이유로 유통기한이 방금 지난 것도 버린다고요. 한번은 카를이 컨테이너에서 시신을 발견했어요."

"그건 다른 이야기야." 카를이 이의를 제기했다.

"그래, 그렇지." 에마도 동의했다.

하지만 근본적으로 프리거니즘의 배경에는 자원을 더 잘 이용하고 더 적게 일하며, 그렇게 번 돈이 아동 노동이나 지구의 과잉개발을 장려하는 것을 피하려는 소망이 있다고 했다.

만난 지 일 년 만에 카를과 에마는 베를린 최초의 프리건 레스토랑을 열었다. 모든 식자재를 쓰레기통에서 구했고 식기와 가구도 중고 또는 폐기물이었으므로 식사 가격이 저렴했다. 환상적인 주방장과 밤마다 슈퍼마켓 쓰레기 컨테이너를 뒤지며 쓰레기를 모으는 소규모 팀이 있었다고 했다. 메뉴는 무엇을 노획했는지에 따라 정해졌다.

돈을 버는 게 목표는 아니었지만 장사가 꽤 잘되어서 둘은 저축도 할 수 있었다. 그러나 개업한 지 이 년 만에 심각한 식중독 사건이 벌어졌다고 한다. 그들의 식자재가 의심을 받아 관청이 주방을 점검했고, 결국 요리사의 손가락에 난 상처가 원인으로 밝혀졌다. 손님 중 한 명이 안면마비가 왔다며 레스토랑을 고소하기에 이르렀고, 두 사람이 이 년 동안 번 돈은 손해배상에 들어갔다.

"그 여자는 지금까지도 미소를 짓지 못해요." 에마가 말했다. 악몽 같은 사건이었지만 두 사람을 갈라놓지는 못했다. 둘은 코펜하겐으로 가서 안데르스 포그 라스무센이 신년 연설을 할 때까지 거기서 살았다. 그후의 이야기는 우리도 이미 아는 것이었다.

주변이 온통 어스름한 암청색에 잠겨 있었다. 온화한 저녁이었다. 햇볕이 따가운 낮에는 매미 소리만 들렸는데 어둠이 시작된 지금은 모든 것이 다시 살아났다. 곤충이 찌르륵거리고 새가 지저귀고 마을에서 소음이 올라오고 미풍에 나무들이 바스락거렸다. 토르킬은 여전히 우리와 어울리지 않았다. 에마가 이야기하는 동안 이따금 언덕으로 올라가거나 숲 덤불 속에서 정신 나간 닭처럼 튀어나와 주변을 둘러보고는 다시 슬그머니 숨는 그의 모습이 얼핏 보였다. 바가지머리가 들장미 넝쿨 뒤에서 아래위로 까딱거리기도 했는데, 마치 누군가 가발이 달린 빗자루를 들고 다니는 것처럼 보였다. 나중에 풀밭을 지나가면서 그는 우리를 못 본 척했다. 그의 존재를 거의 알아채지 못할 때조차 언제나 언짢은 표정으로 밖을 돌아다니고 있는 느낌이었다.

헬메르가 담뱃불을 붙여 라이터 불꽃이 어둠 속에서 반짝이는 모습을 보고야 우리는 밤이 되었음을 깨달았다.

공동체에는 우리가 스키라트를, 아니 시간 전체를 잊게 만드는 뭔가가 있었다. 그러나 꿈을 꾸면 나는 우리의 원래 계획에 쫓겼다. 발레마르도 그랬는지는 모르겠다. 어쨌든 나는 그날 밤 흐릿하게 불빛이 비치는 계단을 올라 음식 접시를 쉴새없이 나르는 꿈을 꾸었다. 치유자는 부처와 비슷한 자세로 6층에 앉아 있었다. 얼굴은 어둠에 가려 보이지 않고, 더없이 정갈하게 차려진 프랑스 요리로 뻗는 손만 보였다. 접시에는 가리비와 기하학적으로 쌓은 아삭한 채소들, 분홍색으로 구워진 작은 고깃덩이, 살짝 아이싱을 입힌 음식, 밀알을 밑에 깐 뭔가 샛노란 것이 담겨 있었다. 그의 양손은 낡은 갈색 계단과 극명하게 대비되었다. 창문이 가려져 있었지만 예감하기로는 밤이었다. 나는 계단을 내려가지 않고 계속 올라가기만 했는데도 치유자가 접시를 들고 먹기 시작하면 어느 틈에 아래쪽 계단참으로 돌아가 있었고, 그러면 흰옷을 입은 얼굴 없는 형체가 내 손에 다시 접시를 쥐여줬다. 이때가 결정적인 순간이었다. 의심의 여지 없이 치유자는 계속 먹어야 했고, 이유는 몰랐지만 음식을 가져다주는 것은 극도로 끊어지기 쉬운 과정의 일부였으며, 그 과정을 들여다보지는 않았지만 아주 살짝 어긋나기만 해도 대혼란이 야기될 것이었다. 음식이 계단으로 올라가지 않으면 발레마르는 죽을 터였다.

다음날 아침 발레마르와 내가 연못가에 앉아 헬메르에게서 앞뒤가 맞는 문장 하나를 이끌어내려고 애쓰고 있는데, 폭스바겐에 시동을 거는 소리가 들려왔다. 헬메르는 전혀 동요하지 않고 그림을 계속 그렸지만 발레마르와 나는 시선을 교환하고 벌떡 일어났다. 헬메르가 난청인가 싶었지만, 달리 생각하니 우리와 달리 그는 폭스바겐 소리에 동요할 이유가 없었다. 발레마르는 잠시 나를 따라오다가 포기하고 풀밭에 주저앉았고 나는 진입로로 갔다. 우리의 폭스바겐은 사라지고 없었다.

나는 돈이 든 노란색 네토 비닐봉지를 용의주도하게 차에서 미리 꺼내 내 침대 아래 두었지만, 그래도 혹시 몰라 방으로 가서 돈이 있는지 살펴보았다. 있었다. 침침한 어둠에 잠긴 채 실밥들 사이에 그대로 놓여 있었다. 탁자에 놓인 메모 한 장이 눈에 들어왔다.

두 사람 차 좀 빌릴게요. 물어보려고 했는데 못 찾겠더라고요. 당신들이 열쇠를 탁자에 그냥 뒀잖아요. 늦어도 내일은 돌아올게요. 바람 좀 쐬고 싶어서.

안녕.

토르킬

다시 나가보니 발레마르는 여전히 풀밭에 앉아 있었다.

"토르킬이 우리 차를 빌려갔어. 메모를 남겼더라."

"돈은!"

"내 침대 밑에 있어."

"다행이다!"

그는 풀 한 줄기를 뽑아 손톱으로 갈랐다. "하지만 빌려가도 되느냐고 먼저 묻지 않았지?"

"안 물었어."

"다시 돌아올 거 같아?"

"그럴 거야…… 아니, 그러길 바란다는 게 더 맞겠지."

"흠, 뭐 우리도 여기서 공짜로 지낼 수 있으니까."

나는 그의 옆에 앉았다.

"차를 망가뜨리지 않아야 할 텐데. 그게 중요해." 그가 덧붙였다.

그사이 헬메르는 새 종이를 파티클보드에 붙이고 이젤에 세운 다음, 수염 기른 남자가 아이스크림을 어떻게 먹을지 몰라 고민하는 것처럼 자세히 들여다보았다.

"또 한 장을 그리네." 발레마르가 말했다.

"그러게 말이야. 멈출 줄 모르는군."

토르킬이 우리 차를 가지고 갔다는 말을 들은 카를은 욕을 퍼붓고 대머리를 긁었다. 이제 오후가 되었다.

"미안해요!"

"당신 잘못도 아닌데요 뭘." 발레마르가 대꾸했다.

시몬이 계단을 내려왔을 때 우리는 거실에 서 있었다.

"무슨 일이야?" 불만 가득한 우리 얼굴을 보고 그가 물었다.

"토르킬이 폭스바겐을 가져갔어." 카를이 대답했다.

"아, 그럼 다시는 안 오겠군."

"아이고, 시몬. 그러지 마. 토르킬은 차 가지고 다시 올 거야."

"아마 반년쯤 후겠지."

문간에 나타난 헬메르는 눈앞에서 벌어진 상황에 놀라 그대로 서 있었다. 긴장된 분위기 때문에 안으로 들어올 엄두를 못 내는 것 같았다. 그러다가 벽을 따라 살금살금 부엌으로 가서 냉장고를 열었다.

"헬메르, 맥주 몇 개 가져올래? 발레마르와 아스게르가 좀더 있게 됐어. 축하해야지." 시몬이 말했다.

"어, 아. 그래…… 전혀 몰랐네."

헬메르는 여섯 개들이 맥주를 가져왔다.

"오늘 에세이를 네 장 썼어. 아주 훌륭한 네 장! 그러니 좀 마셔도 되지." 시몬이 만족스럽게 하품하며 말했다.

내가 아까 그의 방을 지날 때는 누군가 카운터 스트라이크 게임을 하는 듯한 소리가 들려왔었다.

우리 모두 맥주를 하나씩 마셨다. 소파 탁자에 남은 하나가 토르킬의 부재를 일깨웠다.

에마와 이다도 동석했다. 에마는 마을에 예술작품을 만들었다. 지난주 벼룩시장에서 작은 주석 병정 한 봉지를 찾아내, 무기와 수류탄으로 무장하고 지뢰를 찾는 중인 이 초록색 병정들을 마을 전쟁기념관에 전시하고 가짜 피를 묻힌 붓으로 돌에다 "War is real, not a game(전쟁은 현실, 게임이 아님)!"이라고 썼다. 이다는 그 해프닝을 카메라에 담았다.

"세상은 지금 전쟁중이야. 사람들이 그 사실을 모르는 것 같아." 에마가 말했다.

"모르죠." 내가 대꾸했다.

"아, 헬메르. 네가 가장 가까이 있으니 맥주 몇 병 가져다줄래?" 시몬의 부탁에 헬메르가 자리에서 일어났다.

"토르킬이 돌아오면 혼 좀 내줘야겠어." 에마가 말했다.

나중에 차 때문에 불안한 마음으로 거실 창가에 서 있던 나는 발레마르의 사진을 또 찍고 있는 이다를 보았다. 대마초를 물고 헛간 벽 앞에 선 그는 팬티만 입은 모습이었다.

에마는 근처의 한 전시회에 작품을 전시했다. 토르킬이 사라지고 이틀 후 개막식이 열렸다. 모두 가고 싶어했지만 푸조에는 다섯 명만 탈 수 있어서 이다는 짐자전거를 타고 한두 시간 먼저 출발했고, 발레마르와 나는 못 가서 화가 난 척했다.

다들 출발한 뒤 우리는 한동안 말없이 소파에 앉아 있었다—여행 덕분에 우리는 더 가까워져서 이제는 정적이 부담스럽지 않았다. 발레마르가 대마초를 한 대 말았다.

내가 부엌에서 맥주를 가져왔지만 발레마르는 자기 맥주를 따지 않고 그대로 두었다. 그러다가 갑자기 발작적으로 기침을 했고 코피까지 흘렸다. 그는 내가 들고 온 키친타월로 코를 틀어막고 피가 멎기를 기다렸다.

"대마초에 코피가 좀 묻었나?" 그가 물었다.

"아니."

발레마르의 고집 센 몸은 그날 전체적으로 유별나게 말썽을 부렸다. 그는 증세를 금방 완화하는 알약 몇 가지를 늘 가지고 다녔다. 그사이 나도 그 과정을 알게 됐다. 발레마르가 얼굴이 창백해져서 물을 한잔 청해 알약을 삼키면 얼마 지나지 않아 상태가 나아지곤 했다.

코피가 나자마자 그는 이번에도 물 한잔을 부탁해 알약을 먹었다. 나는 창문을 열고 밖을 내다보았다.

해가 지고 어둠이 검댕 입자들처럼 주변에 내려앉았다.

검은 새가 날아올랐다. 새는 낮과는 다른 목적지를 향해 조용히 미끄러지듯 하늘을 날았다. 수면이 칠흑처럼 검고 한없이 깊을 것 같은 아래쪽 연못에서는 개구리들의 음악회가 들려왔다. 비가 올 것처럼 공기가 가물거렸다. 풀밭의 라일락 덤불이 바람에 연기처럼 흔들리고, 유리창으로 들어온 공기는 내 얼굴을 핥으며 나를 에워쌌다. 저멀리 어두운 수목한계선이 비밀을 지키는 윗입술처럼 조용히 누워 있었다. 풀밭은 납작하게 망치질한 뿌연 은쟁반처럼 흐릿하게 반짝였다. 내가 이 모든 것을 자세히 살피는 동안 개구리들의 리드미컬한 울음소리는 밤의 어스름한 미광과 함께 단 하나의 감각적 인상으로 녹아들었다. 어둠과 어둠이 내는 소리는 눈동자와 뇌 조직을 공격하거나 혀에 백태를 끼게 하는 염증 같았다. 마당에 있는 반짝이는 다이빙벨만 빼고는 모든 것이 검은 연기와 재로 이루어진 것처럼 보였다. 우리는 포위된 기분이었다. 어둠이 집안으로 밀려들어왔다.

나는 뒤로 물러나 창문을 닫고 잠갔다.

발레마르는 대마초에 불을 붙여 한 모금 빨고 내게 건넸다.

"딱 한 번만." 나는 그렇게 말하고 연기를 들이마셨다.

발레마르가 대마초로 다시 손을 뻗으며 말했다. "아스게르, 말해봐. 토르킬이 폭스바겐을 가지고 돌아오지 않아도 우린 차를 새로 한 대 살 만큼 돈이 많잖아…… 아니면 기차로 가든가. 안 그래?"

"그렇지…… 네가 네토 비닐봉지를 내다버리지만 않는다면 돈은 문제가 아니야. 하지만 내가 곰곰이 생각을 좀 해봤는데, 우린 이렇게 말할 수도 있어. 여기까지다, 더는 가지 말자. 지금까지도 아주 멋진 시간이었어, 하고 말이야. 더 가는 게 정말로 의미가 있을까? 네가 병들어가는데."

"병들어간다고? 난 이미 병들었어."

"그러니까. 스페인 구경을 좀 하고 돌아갈 수도 있잖아. 스페인은 아름답지. 하지만 모로코까지 가는 건 좋은 생각이 아닐지 몰라."

발레마르는 창백한 입술을 꽉 다물고 허공을 노려보았다.

"배신자!" 그가 내뱉었다. 코는 여전히 종이로 틀어막고 있었다.

"난 그냥 내 생각을 말한 거야."

"당신은 집에 가고 싶으면 그렇게 해! 난 계속 갈 거니까."

"도대체 왜?"

"그 치유자에게 가고 싶으니까."

"도대체 왜?"

"그냥."

나는 다시 창가로 가서 섰다. 나풀거리는 연기처럼 연못 위로 솟아오른 어둠이 풀밭 위를 기어와서 촉수로 유리창을 더듬어 눌렀다. 바깥에 어떤 형체가 있다는 느낌이 얼핏 들기도 했다. 집 쪽으로 등을 돌린 채 풀밭에서 너풀거리는 검은 라일락 덤불 사이에 서 있는 그 형체는 깨고 나서 기억하려 애쓰는 꿈처럼 흐릿했다. 내가 눈을 깜박이자 형체는 어둠과 하나가 되었다. 저 바깥에 초자연적인 힘이 있고, 어둠이 살아 숨쉬며 뭔가 좋지 않은 일을 꾸미고 있다는 느낌이 들었다. 그날 저녁 우리는 서로 별로 말을 하지 않았다. 하지만 예전과는 달리 정적에는 긴장감이 감돌았다.

차바퀴가 마당 자갈을 구르는 소리가 들리고 전조등 불빛이

유리창으로 비쳐들었다. 사람들이 돌아왔다. 델피는 카를의 품에서 잠들었고, 시몬과 헬메르는 취했으며, 에마는 행복했지만 피곤했다. 그녀는 이다가 마을에서 자고 다음날 돌아올 거라고 말했다.

"이제 어떡하지?" 우리가 침대에 누웠을 때 발레마르가 물었다.
"뭘 어떡해?"
"나 혼자 가? 아니면 당신도 같이 가?"
"나도 같이 가야지."
"약속한 거지?"
"약속해."

나는 한참이나 천장의 그늘을 노려보며 발레마르의 달라진 숨소리에 귀를 기울였다. 깊이 잠든 그는 이따금 색색거리다가 다시 고른 숨소리를 냈다. 우리는 돌아간다는 말을 더는 하지 않았다.

이틀 후 토르킬이 한여름 소나기처럼 폭스바겐과 히치하이커 세 명을 끌고 불쑥 나타났다.

그가 처음 한 행동은 술병을 탁자 위에 올려놓은 것이었고, 한 시간 반 뒤에 그는 완전히 취해버렸다. 우리는 그가 돌아왔다는 것만으로 안도해 폭스바겐 얘긴 꺼내지도 않았다. 새로 온 사람들이 식탁에 앉아 그와 함께 술을 마셨다. 발레마르와 나는 그들의 말동무가 되어주었다. 시끌벅적한 소리에 이끌려 시몬과 이다도 내려왔다. 카를과 에마만 델피와 함께 위층에 남아 있었다. 그들은 다음날 토르킬을 호되게 야단치기 전까지는 어떤 식으로든 마주치는 걸 피하려는 모양이라고 짐작했다. 헬메르는 전혀 보이지 않았다.

앤드루와 도미니크는 오스트레일리아 출신 커플로, 몇 달 동안 유럽을 종횡무진 여행하다가 마르세유에서 폴란드인 말리나를 만났다. 그녀는 여름방학 동안 이곳저곳을 여행하다가 돈이 떨어진 후로는 내내 히치하이크를 하며 앤드루나 도미니크와 마찬가지로 한두 번 기꺼이 식사초대에 응했다. 토르킬이 세 사람을 어디서 만났는지, 어디서 뭘 했는지는 제대로 듣지 못했다—그는 여기저기 쏘다니는 강아지 같았다.

이다는 음반을 올리고, 앤드루는 배낭에서 압생트 한 병을 꺼내왔다. 토르킬은 또 연설을 늘어놓았지만 아직은 기분이 좋아서, 이미 남의 얘기는 듣지 않는 단계이긴 했어도 공격적이지는 않았다. 발레마르는 대마초를 말고 리즐라 두 장을 붙여 상당히 길게 만들었다.

"내가 본 것 중에 가장 긴 대마초네요." 시몬이 말했다.

"더블 대마초거든요." 발레마르가 대꾸했다.

시몬이 열광해서 그 표현을 통역하는 동안, 발레마르는 두 개비 분량의 담뱃잎과 대마초를 섞어 담배종이를 채운 다음 돌돌 말았다.

발레마르의 대마초는 덩어리가 많았으므로 그걸 피우는 건 언제나 모험이었다. 그가 대마초를 마는 기술은 좀 칠칠치 못한 면이 있었다. 대마초를 늘 세심하게 부수는 게 아니었기 때문이다.

대마초가 차례로 돌아가던 중, 나는 첫 모금을 빨자마자 바로 덩어리에 걸려 소파로 무너졌고 늪에 빠지듯 쿠션으로 가라앉았다. 벽들이 리드미컬하게 박동하는 느낌이었다. 토르킬의 봉두난발이 시야에 들어왔다. 그는 내 잔에 독주를 더 따랐다. 내가 꾸르륵거리며 늪에 빠지는 동안에도 더블 대마초는 계속 식탁을 돌았다.

아주 멀리서 들려오는 듯한 대화에 내가 엄청 흥분했다는 게 지금도 기억난다. 배낭여행객들의 일상적인 수다, 나라와 언어에 관한 일화와 정확하지 않은 사실들이었다—미국 영화들을 더빙하지 않으므로 덴마크 사람들은 영어를 잘한다거나, 네덜란드 사람들은 언어에 재능이 있다거나, 오스트레일리아는 아주 크다거나.

그러다가 앤드루의 주도로 술 마시기 게임을 하게 되었는데, 그 규칙을 나는 제대로 이해하지 못했다. 결국 우리는 압생트와 보드카 샷처럼 도수 높은 술만 마시게 되었다. 시몬이 우기는 대로 압생트에 물이나 설탕, 그 외 다른 것을 섞지 않고 마시다보니 목이 타는 것 같았다. 아니, 술이 목구멍에서 거의 바로 증발되는 느낌이었다.

말리나는 발레마르와 내가 여기서 뭘 하는지 궁금해했고, 발레마르는 우리 여행에 대해 이야기했다. 그러던 중—내가 판단

하기에는—도무지 전후 맥락도 없이 그는 우리가 비닐봉지 하나 가득 돈이 있다고, 무진장 돈이 많다고 했다.

"정말요?" 말리나가 물었다.

"피트세르라는 남자가 우리한테 선물한 돈이에요."

"피트세르?"

"건강식품을 팔아 백만장자가 된 사람인데, 우리 여행을 후원하거든요."

"미친놈 피트세르에게 건배!" 토르킬이 고함을 질렀다.

나는 안간힘을 다해 늪 같은 소파에서 빠져나와 잔을 들고 다른 사람들과 함께 건배했다.

"피트세르에게." 나는 그렇게 중얼거리고, 호콘이라는 남자를 위해서도 건배해야 한다고 말했다.

"그게 누군데요?"

"더 심각하게 미친놈이에요. 내가 해고당하게 손을 썼고, 지금은 헤르닝에 산을 하나 쌓는 중이죠."

우리는 포복절도하며 잔을 부딪쳤다. 그날 밤 우리는 점점 더 신경질적으로 웃었다는 기분이 든다. 나는 독주 병을 들고 두 잔을 연거푸 마셨다.

이다는 사진을 찍었다. 사방에 그녀의 렌즈가 있었고, 플래시는 우리 뺨을 때리는 것 같았다.

"발레마르를 찍은 환상적인 사진이 몇 장 있어요. 발레마르는 아우라가 정말 엄청나요." 말리나가 몸을 앞으로 내밀자 이다는 카메라 액정화면을 보여주었다.

"정말 멋진 사진이네요." 말리나가 서툰 영어로 말했다.

"장애인은 요즘 엄청 유행이야." 토르킬이 입을 열었다.

"그만해!" 이다가 말했다.

"뭘?"

"그렇게 비열하게 굴지 말라고. 넌 그냥 발레마르가 사진이 잘 받아서 질투하는 거잖아."

발레마르는 신경쓰지 않는 척하는 데 대가였고, 지금도 둘의 대화에 아무 생각이 없는 것처럼 보였다. 나는 이따금 그가 그냥 듣지 못했거나 이해하지 못한 건지, 들어도 상관 안 해서 그러는 건지 헷갈렸다. 발레마르가 다시 대마초를 말았다.

"이번에도 더블 대마초예요?" 시몬이 물었다.

"네."

"아, 빌어먹을." 그러고는 모두가 또다시 요란한 웃음을 터뜨렸다.

발레마르가 대마초를 물고 연기를 한껏 내뿜자 이다가 셔터를 눌렀다.

"사진 한 장 더 찍어요." 말리나는 그렇게 말하고, 발레마르에게로 몸을 숙여 프렌치 키스를 했다. 이다는 사진을 찍고 앤드루와 도미니크는 히죽 웃었다. 토르킬은 잔이 넘치도록 독주를 급하게 콸콸 따랐다. 나는 단숨에 들이켜고 몸을 벌떡 일으켜 비틀거리며 문 쪽으로 갔다. 이마에 와닿는 공기가 젖은 걸레처럼 느껴졌다. 환하게 불 켜진 거실에서 은은한 음악 소리가 들려왔다. 나는 진입로 풀밭에 드러누워 별이 빛나는 하늘을 올려다보았다. 하늘이 빙글빙글 돌지 않도록 정신을 집중하려고 애썼다. 처음에는 하늘이 좀먹은 구멍으로 빛이 흐릿하게 들어오는 검은 담요처럼 보이더니, 곧 다른 그림이 나타났다—그 구멍에서 미세한 설탕이 서서히 흘러나왔고, 내 눈은 크게 벌린 입이 되어 별을 맛볼 수 있었다. 그러다가 잠이 들었다.

잠에서 깨자 새들이 노래하고 햇볕이 내 몸으로 내리쬐었다. 발레마르의 검은 윤곽이 내 위에 드리워 있었다.

"말리나가 돈을 훔쳐갔어."

나는 일어나 앉았다. 누군가 머리를 걷어차는 느낌이었다. 뇌가 갑자기 머리의 움직임을 아주 마지못해 따르는 굼뜬 덩어리로 변한 것 같았다. 나는 다리 사이에 토했다. 눈물이 났다.

발레마르가 풀밭에 털썩 주저앉았다.

"말리나가 돈을 훔쳐갔어." 그가 같은 말을 반복했다. 얼굴이 백짓장처럼 창백하고 등은 평소보다 더 굽었고 어깨도 축 늘어져 있었다.

"어떻게 된 거야?" 내가 물었다. 그때 나는 말리나가 네토 봉지를 꽉 움켜쥐고 취해서 다시 내놓지 않으려는 모습을 상상했다. 그렇게 상상했던 게 지금도 기억난다.

"으음, 말리나가 나랑 같이 우리 방에 갔어. 나는 돈을 보여준 다음 술을 너무 많이 마신 탓에 잠이 들었지. 깨고 보니 봉지가 없어졌더라."

"말리나는 지금 어디 있어?"

"어디긴, 사라졌지."

"아이고, 발레마르…… 말리나가 자동차를 가져갔어? 어떻게 된 거야?" 나는 주변을 둘러보았다. 빛 때문에 눈이 아팠고 모든 것이 너무 환하게 번쩍거렸다. 하지만 차들은 진입로에 그대로 있었다.

"아니, 걸어간 모양이야."

"말리나가 여기 없는 거, 정말 확실해?"

나는 몸을 겨우 일으켜 집안으로 들어가서 그녀의 이름을 불렀다. 델피와 함께 부엌에 있던 에마가 조용히 하라고 손짓했다. 앤드루와 도미니크가 소파에서 자고 있었다. 도미니크가 눈을 떴다.

"말리나 어디 있어요?" 나는 그녀에게 고함을 질렀다.

"어제부터 못 봤는데."

나는 2층으로 올라가 계속 말리나를 부르며 방문들을 열어젖혔다. 시몬은 책상 앞에 앉아 수음을 하고 있었고, 이다는 침대에서 아직 자고 있었다. 카를은 욕실에서 대머리를 면도하는 중이었다—말리나는 흔적도 없었다. 나는 비틀거리며 계단을 다시 내려왔다. 두통 때문에 시야가 아주 좁아졌다.

"빌어먹을, 도대체 무슨 일이야?" 에마가 부엌에서 나오며 고수머리를 이마에서 연거푸 두 번 쓸어올렸다.

"말리나를 찾아야 해요."

발레마르는 여전히 밖에 앉아 있었다. 내가 흐느적거리며 헛간으로 가자 발레마르도 따라왔다.

"여기서 나가야겠어. 자, 짐을 싸. 나가서 말리나를 찾자."

우리는 짐을 모조리 여행가방에 욱여넣고 휠체어와 함께 짐칸에 실었다. "말리나를 패죽일 거야!" 나는 고함을 질렀다.

에마가 델피의 손을 잡고 문간에 나타났다. 나는 우리를 내려다보는 둘의 눈길을 똑바로 받아내고는 발레마르가 차에 탄 뒤 문을 세게 닫고 운전석에 올라 도로로 나섰다.

"산을 내려갔을 거야." 나는 마을로 차를 몰았다. "아직 멀리 가지는 못했겠지."

우리는 마을로 급히 달려서 광장을 거쳐 좁은 골목들을 지났다. 차를 세우고 창문 너머 전혀 모르는 사람들에게 말리나라는 폴란드 여자를 혹시 봤느냐고 목소리를 높였다. 산을 좀더 내려가 차를 돌린 다음 다시 위로 올라와서 마을을 한번 더 돌았고, 마당을 지나 10, 20킬로미터를 더 올라갔다가, 또 차를 돌려 다시 아래로 내려와 마지막으로 마당을 한번 더 지났다. 헬메르는 우리를 못 본 채 진입로를 막 가로지르고 있었다. 나는 갈증과 두통과 구역질을 참으며 자꾸만 말을 듣지 않으려는 내 시력을 살살 달랬다. 발레마르는 혼수상태 비슷한 지경에 빠져들었다. 우리는 우리를 제외한 나머지 세상 전체와 싸우고 있었다. 그런 느낌이 이때보다 강렬했던 적은 없었다.

좁고 구불거리는 도로를 시속 100킬로미터 이상으로 달렸던 것 같다. 돌집과 기형으로 구부러진 나무들이 시야 가장자리를 그냥 스쳐지나갔다. 나는 여전히 술과 마약에 취해 있었고, 말리나를 발견했더라면 증오와 분노 때문에 차로 칠 수도 있었다. 하지만 그녀는 보이지 않았다.

늦은 오후가 되었다. 우리는 계곡에 차를 세우고 주유소에서 콜라 두 개를 샀다. 콜라를 단숨에 마시자 딸꾹질이 나서 들척지근한 거품이 입으로 다시 올라왔다. 발레마르는 조수석에 축 늘어져 있었다.

"발레마르, 다시 그 사람들에게 돌아가는 게 낫지 않을까? 말리나는 사라졌어. 넌 이제 쉬어야 해."

"아니, 계속 가. 빌어먹을 마당!"

"돈이 없으면 멀리 못 가."

"이런 우라질!" 그가 욕설을 내뱉고는 좌석만 노려보았다. "아스게르, 이제 어떡하지? 피트세르에게 전화하면 안 될까?"

"그 사람에게 전화할 수야 없지!"

"뭔가 해결책이 있을 거 아냐!"

"현금 아직 있어?"

"여행가방에 좀 있지."

"좋아, 그럼 나한테 생각이 있어."

"무슨 생각?" 그의 목소리에는 희망과 신뢰가 가득했다.

"모나코, 카지노 몬테카를로. 모나코에 가서 돈을 도로 찾자!"

모나코라는 말이 나온 김에—언젠가 나는 혼자 외롭게 스칸디나비아 어딘가를 헤매다가 자작나무 숲에 발을 들인 적이 있다. 그때 나는 꽤 오랫동안 혼자였기 때문에 인간이라는 사실을 완전히 잊지 않기 위해 괜히 이것저것 때려보려고 두툼한 나무토막을 하나 집어들었다. 나보다 그리 크지 않은 볼품없는 자작나무가 제일 먼저 매를 맞았다. 알고 보니 심하게 썩고 말라비틀어진 나무라 슬쩍 건드리기 무섭게 먼지가 되어 무너져내렸다. 내가 하고 싶은 말은 모나코도 바로 이랬다는 것이다. 모나코는 무너지기 직전이었다—이리저리 떠다니는 형체들이나 건물 전면, 전반적인 분위기에서 뚜렷이 느껴졌다. 그곳에 들어섰을 때 도시는 우리에게 문을 열지 않는 삼차원 미로 같았다. 우리는 무너지고 뒤엉킨 전면과 경사진 일방통행로를 오랫동안 헤매다가 드디어 바닷가에 폭스바겐을 세웠다.

가볍게 출렁이는 청회색 바다가 산책로에 수면과 수직으로 세워진 담을 때렸다. 하얀 연무가 하늘에서 색을 빼앗고 수평선도 뒤덮어버렸다. 몬테카를로는 우리를 등진 채, 서로 붙은 건물들로 이루어진 담처럼 비탈에 솟아 있었다. 갈색 집들과 유리와 야자나무들. 모나코는 몰락, 그리고 열등한 취향의 화신이었다. 이곳에서 매력적으로 나이들어가는 것은 전혀 없었다. 항구 산책로를 따라 걷다보면 노인들만 눈에 띄었다—마치 지루하게 지내다 죽으려는 사람들이 이곳에 오는 것 같았다. 모든 것이 천천히 움직였다. 새와 사람, 자동차조차도. 페라리와 포르셰가 달팽이처럼 옆을 기어갔다. 느리면서도 아무 생각이 없어 보였다. 우리 맞은편에서 한 노부부가 왔다. 특히 껍데기만 남은 달걀처럼 바스러질 것 같은 인상의 여자가 눈에 띄었다. 피부는 크림을 잔뜩 머금은 갈색 옷처럼 늘어졌고 어디나 다이아몬드가 번쩍거렸다. 유리를 자를 수 있는 다이아몬드는 여자가 보이는 무상함, 늘어진 피부 아래서 서서히 쭈그러드는 근육과 극단적인 대조를 이루었다. 미지근한 연무 속에서 나오는 유령 같은 두 남녀는 질질 끄는 걸음걸이와 절렁거리는 보석들로 산책로에 저주를 내렸다. 몬테카를로는 유령도시였다. 우리는 어느 카페에 들어가 커피 두 잔을 마시며 어두워지기를 기다렸다. 나는 짐 속에 챙겨넣었던 양복을 드디어 꺼내 입었다. 양복 안쪽에서 시간이 꽤 지난 음주의 악취가 여전히 풍겼다. 발레마르는 밝은색 리넨 블레이저를 내게서 빌려 입었다. 돈은 내 양복 윗도리 속주머니에 있었다.

"너희 그래도 섹스는 했어?" 내가 물었다.

"아니, 난 그냥 잤어."

이곳에 도착했을 때 우리는 반짝이며 떠다니는 하얀 캡슐, 항구에 있는 큰 요트들을 보았다. 부드럽게 쓰다듬는 듯한 어둠 속에서 카지노 몬테카를로 앞에 서 있는 지금은, 넓은 계단 앞에 세워진 번쩍이는 차들이 가장 먼저 눈에 들어왔다. 카지노 전면의 알록달록한 전등들이 래커 칠을 한 자동차에 독특한 무늬를 만들었다. 툴툴거리는 낮은 소리를 내며 애스턴 마틴이 들어오자, 카지노 직원 한 명이 곧장 달려가 하이힐을 신은 여자와 베이지색 양복에 붉은 구두를 신은 땅딸막한 남자가 내리도록 차문을 열어주었다. 다른 직원은 차에 올라타더니 인상적일 만큼 뛰어난 기술을 선보이며 차를 돌려 카지노 앞에 주차했다. 그러나 주위의 거의 모든 관심을 잡아끈 것은 검은색 아우디 S8이었다. 아우디는 불빛 속에서 따뜻하게 반짝거리는 게 아니라 냉기와 어둠을 발산했다. 선은 완벽했고, 차분하고 절대적인 아름다움으로 다른 차들을 우스꽝스러운 돈 자랑처럼 보이게 만들었다.

우리는 휠체어 때문에 옆문으로 들어가야 했다. 붉은 벨벳 양탄자에 발이 푹푹 빠져가며 금과 크리스털로 이루어진 세상에서 모든 소음을 삼키는 복도를 지나고, 번쩍이는 바가 있는 넓은 공간을 통과해 게임테이블이 있는 커다란 홀에 다다랐다.

우리에게 남아 있던 돈을 내자 카지노 직원이 100유로에 해당하는 칩을 건넸다.

우리는 벽에 기대서서 용기를 내려고 애쓰며 주위를 두리번거렸다.

"룰렛이 딸 확률이 제일 높아." 내가 말했다.

카지노 몬테카를로에는 즐기는 사람이 아무도 없었다. 늙은 남자들은 흐리멍덩한 눈빛으로 게임테이블에 앉아, 젊은 아내들이 건네는 음료를 받아마셨다. 한구석에서 서른 살 언저리로 보이는 남자가 룰렛을 혼자 잡아두고 있었다. 로프가 쳐져 홀의 다른 공간과 구분된 그 게임테이블 앞에는 구경하려는 사람들이 몰려들어 있었다. 양복 주머니에 커다란 사각형의 1000유로짜리 칩이 가득한 그 남자가 흥분해서 손짓했다. 룰렛이 돌아가고 나서 그는 프랑스 노래를 흥얼거리며 둘러서 있는 사람들도 함께 노래하도록 부추겼다. 한정적이긴 했지만 어쨌든 상황을 즐기는 사람은 그뿐인 듯했다.

"무슨 노래를 부르는 거야?" 발레마르가 물었다.

"몰라."

옆 홀에는 레스토랑이 있었다. 이따금 종업원이 나와 금빛 종을 딸랑거리면 기다리던 한 쌍이 레스토랑 안으로 사라졌다. 발코니에는 사람들이 서서 담배를 피우거나 바다 너머를 바라보았다.

"이렇게 계속 미루고 있을 수는 없어." 나는 그렇게 말하고 소매 커프스를 잡아뺐다. 우리는 가장 가까운 게임테이블로 향했다. 나는 카지노가 편안하지 않았지만, 발레마르의 느긋함은 무엇으로도 흔들리지 않았다. 휠체어를 탄 그가 앞장섰다. 휠체어는 양탄자에 평행선 두 개를 남겼다.

우리는 테이블 끝에 서서야 봤지만 남자는 거기 쭉 앉아 있었던 것 같다.

그는 테이블 반쪽을 차지하고 있었다. 짙은 연기가 흔들리며 자욱하게 에워싸고 있어서 얼굴 윤곽을 알아보기 어려웠다. 그의 맞은편에는 일본인 부부와 옷깃에 금 거북을 꽂은 트위드 재킷을 입은 남자가 앉아 있었다. 그의 옆에는 젊은 여자가 앉아 있었다. 고수머리 한 가닥이 흘러내려 이마를 음양 모양으로 나누었다. 우리를 빼고는 아무도 그 남자가 보이지 않는 듯했다. 그는 칩 하나를 손가락 사이에서 돌리다가 가운뎃마디 위에 올려놓고 움직이며 게임을 함께 하지는 않고 그냥 보기만 했다. 룰렛 바퀴가 움직이고 딜러가 반짝이는 작은 은빛 공을 밀어넣자 모두 입을 다물었다. 공은 바쁘게 굴러다니다가 멈췄다. 전광판이 검정 10을 가리키자 딜러는 갈퀴로 칩을 모아 게임에서 딴 작은 더미를 테이블 위로 밀었다. 이 모든 과정이 침묵 속에서 진행되었다.

우리에게 전략 같은 건 따로 없었다. 나는 상금을 높이려고 일단 빨강이나 검정을 선택하고 그다음 번호에 걸 작정이었다.

"일단 20유로를 빨강에 걸자." 내가 말했다.

"저 남자다." 발레마르가 나지막이 속삭였다.

"무슨 소리야?"

"저기 뒤쪽에 있는 남자, 마르타의 장례식에 왔던 사람이야."

발레마르는 충격으로 새된 목소리를 냈다. 비 오듯 땀을 흘리는 바람에 내 리넨 블레이저에 진한 얼룩이 생길 정도였다. 그의 시선은 테이블 맞은편 끝에 앉은 존재에 고정되어 있었다.

어둠 속에서 솟아오른, 눈처럼 흰 손가락 위에서 쉴새없이 춤추던 칩이 지금도 기억난다. 우리더러 가까이 오라며 유혹하던 그 손가락. 우리가 교회 마지막 줄에서 이미 들었던 웃음소리가 울려퍼졌다.

"31." 속삭이는 소리가 들려왔다. 하지만 나중에 생각해보니, 그가 우리에게 정말로 무슨 말을 했는지 아니면 내가 메마르고 나지막한 목소리를 그냥 상상한 건지 확실치 않았다. 친근하면서도 음흉하게 들리는 목소리였다. 분명히 들리지는 않았지만 오해의 여지는 없었다.

딜러가 바퀴를 돌리고 공을 던져넣자 발레마르가 말했다. "지금이야!"

나는 테이블 위로 몸을 숙여 우리 칩을 초록색 천 위에 올려놓았다. 몽땅 한곳에 걸었다. 위험하게 기울어진 칩 무더기를 떨리는 손으로 불안하게 만지작거렸다. 남자가 자리에서 일어나 출구로 향했다. 그가 옆을 지나갈 때, 마치 죽음의 손이 애무하듯 차갑고 곰팡내 나는 공기 덩어리가 우리를 스쳤다. 룰렛 바퀴는 여전히 돌고 있었다. 공은 작은 은빛 물고기처럼 이리저리 튀었다. 머릿속에서 피가 모두 빠져나가는 듯했다. 피곤하고 머리가 아프고 지쳤다. 나는 과장되게 작별인사를 하면서 뒤로 나자빠지는 느낌이었다. 물에 빠져, 붉고 푸른 얼룩이 흐릿하게 흔들리는 수면이 점점 멀어지는 모습을 올려다보는 것처럼 모든 것이 내게서 멀어져갔다. 저건 뭐지? 물에 혹시 석회가 있나? 모든 것을 뒤덮는 베일인가? 룰렛 바퀴 소리가 들리나? 그 바퀴가 웅웅대는 소리와 내 몸안에서 윙윙거리는 소리를 구분하는 게 왜 이토록 어렵지?

현기증이 나도록 길게 호흡하며 겨우 정신을 차리고 보니, 사람들이 게임테이블에 앉은 발레마르를 뚫어져라 바라보고 있었다. 이마에 고수머리가 매달린 여자가 소리 없이 입 모양으로만 뭐라고 말했다. 한 손으로 테이블 가장자리를 짚고 발레마르를 내려다보니, 그의 얼굴이 어느 때보다도 창백했다—유청처럼 거의 푸르스름한 색이었다. 나는 몸을 숙이고 그의 눈을 들여다보며 괜찮은지 물었다. 그는 아무 말 없이 헐떡이는 물고기처럼 입만 벌렸다.

나는 리넨 블레이저 바깥쪽을 더듬어 알약을 찾아냈다. 발레마르가 약을 집으려고 손을 뻗었다. 좋은 징조였다. 내가 몸을 다시 돌렸을 때, 집채만한 칩더미가 우리 필드로 밀려왔다. 전광판이 검정 31을 가리켰다.

건 돈의 서른다섯 배를 딴 우리는 칩을 현금으로 바꾸고 카지노 몬테카를로를 떠났다. 얼마 후에는 호텔 객실에 앉아 있었지만, 발레마르는 승리를 즐길 기분이 아니었다. "그냥 우연이었어." 몇 번이나 그에게 강조했지만, 그 존재를 떠올릴 때마다 나 역시 소름이 끼쳤다.

그때부터 우리는 그 이야기를 거의 하지 않았다. 기이한 그 사건을 설명할 말은 없었고, 또 그걸 인정하려니 공포가 엄습했다. 나중에는 처음 생각했던 것과 달리 그런 목소리는 들리지 않았다는 확신이 들었던 것 같다. 나는 발레마르도 믿게 하려고, 우리가 게임테이블에 자리잡기도 전에 이미 31에 걸 생각이었다고 말했다. 그러고는 그 남자가 어떻게 생겼는지 기억하느냐고 물었다.

"생김새를 한번 묘사해봐." 그 화제가 다시 거론되었을 때 나는 도발하듯 말했지만 발레마르는 대답하지 못했다. "네가 번호를 크게 말했어? 아니야. 안 그래? 넌 '31'이라고 한 게 아니라 '지금이야'라고 했어. 그리고 나는 진작부터 걸려던 번호에 돈을 걸었고. 넌 네가 이미 그전에 31에 걸려고 했다고 그냥 착각한 거야."

발레마르는 내 거짓말을 안정제처럼 삼켰다. 내 말을 완전히 믿은 것은 아니지만 최소한 정말 일이 그런 식으로 벌어졌다는 것, 정말로 31이라는 소리가 들렸던가를 의심하게 되긴 했다. 나에게는 무척 다행이었다.

우리는 스페인에 가까워졌다. 돈은 이제 흰색, 빨간색, 파란색의 카르푸 비닐봉지에 담겨 있었다. 안이 훤히 들여다보이는 통에 세 장이나 겹쳐야 했다.

특별한 사건 없이 단숨에 스페인을 횡단해 햇볕에 그을린 안달루시아에 도착했다. 우리는 오렌지나무 그늘에서 벗어나지 못했다. 나무들이 먼지와 햇빛에 익사하는 반면, 나무 그늘은 마치 종이를 오려 만든 실루엣처럼 도로 위에 놓여 있었다. 오렌지 꽃을 보기에는 너무 늦었고 열매를 따기에는 아직 너무 일렀지만, 우리는 나흘 동안 세비야에 머물렀다. 오후까지 늦잠을 자고 골목이 시원해지는 저녁이 되어서야 바깥으로 나가 카냐를 마시고 가부리살을 먹었다—아 참, 물론 서비스도 흠잡을 데 없었다. 우리는 투우도 보러 갔다. 햇빛에 잠긴 아레나와 오렌지색 모래, 선명한 실루엣, 황소의 숨소리조차 들릴 만큼 조용했다가 열광적으로 박수갈채를 보내는 사람들의 이미지는 머릿속에 지울 수 없이 각인됐다. 처음 두 마리가 죽는 과정을 지켜보는 일은 치욕적이었다—거부감이 들었고, 관중은 투덜댔다. 나는 발레마르를 이곳에 끌고 온 걸 후회했다. 거대한 들쥐처럼 보이는 죽은 황소들은 모래에 넓은 핏자국을 남기며 등을 땅에 댄 채 말에게 끌려나갔다. 세번째 황소는 가장 어렸다. 힘이 빠진 황소는 최후의 일격을 기다리며 고개를 숙이고 다가섰다. 토레로는 발끝으로 서서 황소 위로 몸을 숙이고 칼을 찔러넣었다. 그러나 토레로가 손잡이를 놓자 황소는 고개를 뒤로 젖히며 오른쪽 뿔로 옆구리를 들이받았고, 그는 황소의 등을 넘어 내동댕이쳐져서 황소 뒤쪽에 떨어졌다. 순식간에 벌어진 일이었다. 사람들이 비명을 질렀고 옆에 있던 여자는 내 팔을 붙잡았다. 달려가던 황소는 토레로가 다시 기운을 차려 일어나자 멈춰 섰다. 나는 토레로의 찢어진 상처에서 내장이 오렌지색 모래로 쏟아지기를, 그가 죽기를 기대했다. 하지만 그는 도와주러 막 달려오려는 반데리예로 두 명에게 그대로 있으라고 손짓했다—황소의 뿔은 그의 옷을 스쳤을 뿐이었다.

다시 조용해진 아레나는 바늘 떨어지는 소리도 들릴 것 같았다. 등에 칼끝이 삐져나온 황소는 흉곽이 불룩해질 만큼 거칠게 숨을 몰아쉬었다. 그러고는 쉬려는 듯이 앞발에 고개를 얹고 있다가 옆으로 구르더니 그대로 쓰러져 움직이지 않았다. 소름끼치는 아우성이 터져나왔다. 관중이 모두 자리에서 일어났고, 발레마르 옆에 앉은 뚱뚱한 남자는 하얀 손수건을 흔들며 "토레로, 토레로!"를 외쳤다. 모두가 "토레로, 토레로"라고 외치며 하얀 손수건을 흔들었다. 평소와 마찬가지로 황소 다섯 마리가 희생되었지만 우리 기억에 또렷이 남은 건 3번 황소가 유일했다.

투우 관람 이튿날 세비야를 떠난 우리는 얼마 지나지 않아 유럽의 끝에 도착했다. 지브롤터에서 국경을 통과해, 국경과 도시 사이에 있는 유일하게 편평하고 길쭉한 땅인 작은 활주로에 폭스바겐을 주차했다. 아침식사를 한 뒤 지브롤터 암벽으로 데리고 올라가줄 가이드를 구했다. 암벽은 무더위 속에서 흐물흐물한 푸딩처럼 떨고 있었다. 암벽 꼭대기에는 유명한 원숭이들이 앉아 있었는데, 알고 보니 바르바리마카크였다. 그중 제일 몸집이 크고 특히 밉살스러운 녀석이—호콘과 닮은 구석이 있었다—차양이 넓은 발레마르의 모자를 낚아채 제 머리에 썼다. 우리는 모자를 포기하는 수밖에 없었다. 뾰족한 송곳니를 드러내는 녀석을 보니 다른 선택의 여지가 없었다. 암벽 발치에 지브롤터 도로가 놓여 있었다. 수평선에 보이는 모로코는 가느다란 띠 같았다.

해상여행의 서막은 실망으로 변했다. 배표를 사려다가 자동차는 페리에 싣지 않는다는 사실을 알게 된 것이었다. 발레마르는 그게 마치 내 잘못이라는 듯이 나를 노려보았다.

"그렇게 볼 필요 없잖아." 내가 말했다.

"나 아무 말 안 했는데."

"말할 필요도 없고."

자동차도 같이 실으려면 알헤시라스로 가야 했다. 발레마르는 한숨을 내쉬었지만 겨우 사십오 분 거리였다. 몇 시간 뒤 우리는 페리 선상 뒤쪽 갑판에 서서, 페리 꽁무니에 생기는 하얀 쐐기 모양 물결과 점점 더 작아지는 스페인을 바라보았다.

"그 챙모자 참 좋아했는데." 발레마르가 생각에 잠긴 얼굴로 말했다.

그건 그렇고, 우리는 남아 있던 발레마르의 대마초를 지브롤터 암벽에 두고 왔다. 약 5그램이었다. 밉살스럽던 그 원숭이가 찾아내 주워먹기를 기대하며 홀가분한 마음으로 탕헤르로 향했다.

자동차 갑판을 떠나 문제없이 세관을 통과한 우리는 혼란의 도가니에 빠지고 말았다. 다른 말로는 표현이 안 된다. 모든 사람이 우리에게서 뭔가를 원했다. 우리가 어디서 왔는지, 어디로 가려는지, 이름은 뭔지, 어느 호텔을 찾는지 알고 싶어했다. 한 무리의 사람들이 고함치며 유리창을 두드리는 내내 나는 기어 1단으로 차를 운전했다. 한 남자가 차 앞으로 뛰어들어 코팅한 서류를 흔들어댔고, 또다른 남자는 발레마르가 앉은 조수석 유리창 틈으로 전단지를 밀어넣으려 했다. 발레마르가 유리창을 올리자 전단지는 틈새에 끼어버렸다. 터질 듯이 부풀어오르는 이스트 반죽처럼 공중으로 솟구치는 여자가 불현듯 우리 시야에 들어왔다—그렇게 뚱뚱한 여자는 지금껏 본 적이 없었다. 여자를 태운 낙타가 일어나려고 용을 쓰는 중이었다. 여자는 노란 양산을 손에 들고 있었다. 그녀에게 드리운 양산 그늘은 작은 얼룩에 지나지 않았다. 낙타는 눈을 크게 뜨고 혀를 빼물고 있었다. 드디어 낙타가 일어서자 여자는 한쪽으로 기우뚱했다. 한 남자가 화들짝 놀라 낙타의 마구를 급히 당겼다. 낙타가 다시 앉는 바로 그 순간, 여자는 안장에서 옆으로 미끄러져 사람들 무리로 쓰러졌다. 누군가 여자가 쥐고 있던 양산을 가져가버렸고, 손수레를 끄는 소년이 불려왔다. 개 두 마리가 짖으며 아이를 뒤따라 달렸다.

우리 왼쪽에는 탕헤르 해변과 터키옥색 바다가 펼쳐져 있었다. 파도가 성급한 리듬으로 몰려왔다가 다시 밀려갔다. 모래 해변에는 검은 점들이 우글거렸다—사람들은 바다에 뛰어들었다가 다시 해변을 달리고, 혼잡하게 뒤섞여 초조한 듯 잽싸게 움직이거나, 파라솔과 휴대용 의자를 접어 다른 곳에 다시 폈다. 이 혼란스러운 윤무를 지휘하는 것은 태양인 듯했다. 태양은 조련사처럼 채찍을 휘둘렀고 그 빛으로 모든 것을 사라지게 할 수 있었다.

우리는 곧장 달려서 이 북새통을 무사히 벗어났다. 다른 관광객들은 우리보다 운이 나빴다. 특히 걸어서 페리를 떠난 승객들은 말 그대로 이 무리의 먹잇감이 되었다.

우리는 탕헤르에 대한 환상을 잃었다. 초라한 장면들이 환상을 밀어냈다. 그곳은 관광 바이러스의 공격으로 자존감을 잃은 도시였다. 그러나 어느 장소가 이름에 걸맞은 명성을 갖추지 못했다 해도 모든 여행에는 뭔가 도취적인 면이 있다. 나는 발레마르에게, 아프리카 전체가 지금 우리 앞에 펼쳐져 있다고 말했다. "아프리카, 이 단어를 혀에 놓고 천천히 녹여봐." 발레마르는 내 말대로 했다. 아직은 모든 것이 새롭고, 불가해하고, 이국적이었다. 우리가 발견해야 할 미지의 장소가 너무나 많았고, 그곳은 어쩌면 우리가 꿈에 그리던 모습을 아직 그대로 간직하고 있을지도 몰랐다. 실제로 우리는 이름 없는 장소들을 만났고, 스쳐 지나가긴 했지만 깊은 인상을 남긴 순간을 자주 경험했다. 아무

것도, 아무도 가로막지 않았다. 그냥 어디로든 출발하면 되었고, 그런 분위기에서 탕헤르를 떠났다.

그러나 해상여행은 또한 건널목이기도 했다. 이제 우리는 치유자와 같은 땅에 있었다. 현실에서 더는 도망칠 수 없다는 사실을 깨닫자 나는 마음이 불편했다. 어쨌든 그런 기분이었다. 그의 존재에 대한 내 의심은 곧 힘을 잃게 될 터였다.

그다음 도시 이름은 잊었지만, 우리 호텔이 자동차 타이어를 파는 거리에 있었다는 건 지금도 기억난다. 호텔 옆 건물에는 유곽이 있었다. 호텔 옥상 차양 아래서 우리는 저녁을 먹었다. 레스토랑 손님은 우리뿐이었다—닭고기 요리를 먹었다. 유곽과 연결된 벽에는 구멍이 하나 있었는데, 그곳을 통해 레스토랑 종업원은 건너편 직원과 계속 이야기를 나누었고, 그러지 않을 때는 얼굴을 돌리고 우리에게 윙크했다. "아가씨들 중 한 명이죠." 그가 말하고는 또 한번 윙크하며 구멍을 가리켰다. 아마도 여자친구인 모양이었다. 식사 후 우리는 맥주를 주문하고 옥상 가장자리로 다가가 전망을 바라보았다. 도시는 그다지 크지 않아서 어려움 없이 전체를 조망할 수 있었다. 지붕 위로 제비들이 떼

지어 날아다녔다. 도시를 빙 둘러 노란색과 황갈색 경작지가 펼쳐지고, 북쪽에는 마을이 점점이 흩어져 있었다. 하늘이 서서히 암청색으로 변하자 그곳에서 희고 노란 불빛이 하나씩 떠올랐다. 우리는 저멀리 하늘로 스며드는 탕헤르의 불빛을 보았다고 생각했다.

건물 전면에 쌓인 상인의 타이어 때문에 차들이 어렵사리 지나가고 있었다. 행인들이 어두운 덤불 그림자 속에서 움직이는 것처럼 보였다. 아스팔트는 가로등 불빛을 받아 은색으로 반짝였다.

불현듯 도시의 웅얼거림 위로 맑은 피리 소리가 울렸다.

남자들이 도로로 나서거나 문간에 나타나 타이어에 몸을 기댔다. 호텔 종업원이 대화를 나누던 구멍 앞을 떠나 우리 옆으로 와 서서 함께 아래를 내려다보았다. 피리 연주자가 정확한 박자로 피리를 불며 모퉁이를 돌아 행진했다. 그 소리 말고는 모든 것이 침묵했다. 여자 다섯 명과 남자 두 명이 그를 뒤따랐다. 두 남자는 이 도시의 다른 남자들과 마찬가지로 통 넓은 바지와 그 위로 늘어지는 헐렁한 셔츠를 걸치고 있었다. 그들은 땅딸막하고 불분명한 그림자를 아스팔트 위에 드리웠다. 한 여자가 기름 웅덩이를 밟았는지 거무스름한 발자국을 잇따라 도로에 남겼다. 남자는 마지막으로 피리를 불고 유곽 안으로 사라졌다. 누군가

냄비 뚜껑을 연 것처럼 거리의 소음이 되살아났다.

"아가씨들이 새로 왔어요." 종업원이 이번에도 윙크하며 그렇게 말하고 머리를 구멍에 다시 들이밀었다. 그는 뭔가 물었지만 대답을 얻지 못하고 계단을 내려갔다. 뚱뚱한 남자 하나가 타이어 더미에서 하나를 꺼내 공처럼 굴리며 도로를 지나갔다. 우리는 맥주잔을 들고 다시 식탁에 앉았다.

발레마르의 턱이 가슴 쪽으로 떨어졌다. 그는 잠시 꼼짝도 하지 않고 앉아 그르렁거리며 숨을 헐떡였다. 다시 고개를 든 그가 바지 주머니에서 알약을 꺼냈다.

"물 한 병 가져올까?" 내가 물었다.

"아니, 아니야. 맥주면 돼."

그는 알약을 삼키고 흐릿한 눈으로 내게 미소 지어 보였다.

그들은 아가씨들 퍼레이드가 끝나고 삼십 분 후 도착했다. 우크라이나 출신으로, 에어프랑스로 키예프를 거쳐 라바트에 와서 자동차를 빌렸다고 했다. 세르게이가 운전하고, 버팀대를 한 올렉산데르는 뒷좌석에 비스듬히 누워서 왔다. 돌아가는 길을 잘못 드는 바람에 라바트에서 서쪽으로 꽤 떨어진 이곳에 와 우리를 만난 것이었다. 더 기이한 일도 벌어지긴 하지만 참 신기한 우연이었다. 흔한 일과 흔치 않은 일은 서로 영향을 미치는 법이다. 이제 두 사람은 호텔 옥상에 우리와 마주앉아 이야기를 하고 있다.

둘은 형제라고 했다. 제대로 훈련받은 대장장이인 복단 삼촌이 올렉산데르의 머리를 수직으로 지탱하고 팔을 고정시키며 흉곽을 보호하는 버팀대를 제작했다고 한다. 온 집안이 올렉산데르가 드디어 버팀대를 벗을 수 있도록 비행기표 살 돈을 모았다. 복단 삼촌은 올렉산데르의 병이 악화되자 버팀대를 하나씩 더해 나갔다. 아래팔 첫번째 철제 버팀대는 올렉산데르가 열네 살이었던 오 년 전 추가됐고, 그다음에는 위팔 버팀대를 벼렸다. 복단 삼촌은 올렉산데르가 팔꿈치를 움직일 수 있게 관절도 만들었다. 하지만 팔을 구부릴 때 통증이 너무 심해서 일 년 전 다시 고정해야 했다. 그날 복단 삼촌은 용접을 하며 울었다. 그러다가 올렉산데르의 머리가 아래로 처져 흔들거리고 그가 아파서 비명을 지르자, 삼촌은 의사와 의논한 뒤 목도 고정시켰다. 식구들은 올렉산데르가 내내 침대에만 매여 있지 않고 그나마 조금이라도 움직이게 해준 복단 삼촌의 다양한 발명품과 지식에 매일매일 새롭게 감사한다고 했다. 갈비뼈도 문제를 일으켰다. 올렉산데르의 몸을 감고 있는 가죽띠는 부딪힘을 막기 위해 흉곽을 둘러싸고 있는 격자구조물을 지탱하는 역할을 했다. 가죽띠는 머리를 고정하는 구조물과 막대기 하나로 연결되고, 그 구조물에서 다시 막대기 여섯 개가 두개골을 감싼 도구로 이어졌다. 올렉산데르의 갈비뼈는 바짝 마른 빵처럼 부서질 수도 있었다. 어딘가에 부딪히거나 잘못 움직였다가는 빵가루가 될 판이었다. 오른팔은 뼈가 튼튼해서 격자가 필요 없다고 했다. 맥주잔에 팔을 뻗는 올렉산데르에게 형이 잔을 건넸고, 그는 맥주를 한 모금 마셨다.

"이제 곧 모든 게 달라질 거야. 모레 우리가 집에 도착하면 복단 삼촌이 버팀대를 제거할 테니까."

세르게이는 그에게 걱정과 애정이 담긴 눈길을 보냈다. 나는 우크라이나의 바람 부는 어느 시골에서 그들의 복단 삼촌이 용접기와 공구, 녹슬지 않은 강철을 준비해두고 아직은 기뻐할 엄두를 내지 못하는 모습을 상상했다.

그런데 버팀대를 왜 제거해야 하지?

올렉산데르는 속삭이듯 나지막하게 대답했다. 차양 틈새로 쏟아지는 달빛 아래, 강철 그물을 두른 그는 신비로운 거미처럼 보였다. 이야기를 나누면서 발레마르와 나는 어렴풋한 예감에 빠졌고, 그 예감은 시간이 갈수록 점점 더 확실해져서, 토르비 엘 메키의 이름이 나왔을 때도 나는 놀라지 않았다. 급작스레 현실과 직면했을 때의 불쾌한 기분이 들었을 뿐이었다. 목적지가 코앞이었지만 발레마르조차 기대에 찬 즐거움을 발산하지는 않았다.

"그 사람 얘기 좀 해봐요." 발레마르는 올렉산데르에게 영어로 부탁했다. 여행중에 영어가 부쩍 는 터였다.

"아주 위엄 있는 사람이에요. 죽음이나 삶보다 더 중요한 인물."

그와 마주섰을 때 올렉산데르는 신이 말하고 있는 느낌이었다고 한다. 그는 토르비 엘 메키가 축복을 내리고 건넨 물 한 병을 받아 마셨다.

"어떤 맛이었어요?" 내가 곧장 물었다.

"온 우주를 품은 듯한 맛이었죠." 올렉산데르가 행복하게 히죽 웃으며 대답했다. 통증이 바로 누그러들더라고, 그렇게 편하기는 몇 년 만에 처음이었다고, 복단 삼촌을 얼른 만나고 싶어 안달이 난다고 했다.

올렉산데르는 맥주를 크게 한 모금 마셨다. 세르게이가 그에게 우크라이나어로 뭐라 말하고는 우리에게 설명하기 위해 몸을 돌렸다.

"올렉에게 허락된 건 맥주 딱 반잔이에요. 넘어지기라도 하면 곧 죽음이니까."

"이젠 아니야, 이젠 아니라고." 올렉산데르가 환호성을 올리며 형에게 맥주잔을 건넸다. 그는 몸을 앞으로 크게 숙이지 못해서 세르게이가 그 잔을 받아 탁자에 내려놓았다. 올렉산데르는 형의 손을 더듬어 잡았다. 둘은 한동안 그렇게 손을 잡은 채 앉아 있었다. 세르게이는 뺨으로 흘러내린 눈물 한 방울을 어깨를 살짝 움직여 얼른 닦아냈다.

"우리가 같이 축구하던 거, 기억나?" 올렉산데르가 말했다.

세르게이는 고개를 끄덕였다.

"가을이면 엉겅퀴 들판에서 연을 날리던 기억은? 연이 날 수 있게 우리가 달리던 건? 형은 연에 붉은 해를 그렸지."

세르게이는 고개를 끄덕였다.

"복단 삼촌이 버팀대를 제거하면 우린 다시 그렇게 달리게 될 거야. 분명히 그렇게 될 거라고."

그러고 나서 둘은 흐느껴 울었다.

우리는 올렉산데르 형제와 작별인사를 했다. 자동차 뒷좌석에 실린 올렉산데르는 타이어들이 높이 쌓인 좁은 골목을 내려가며 반쯤 누운 채 손을 흔들었다. 우리도 마주 손을 흔들었다.

다음날 차에 올랐을 때, 토르비 엘 메키에 대한 우리의 상상은 예전 어느 때보다도 확실했다.

발레마르는 이제 그 이야기를 하지 않으려 했다.

"불쌍한 올렉산데르, 버팀대를 떼어내면 죽을 텐데." 내 말에 발레마르는 거칠게 항의했다. 그는 두 형제와의 만남으로 결정된 건 아무것도 없다고, 그 물이 효과가 있는지 우린 아직 모른다고 했다.

"어쨌든 토르비 엘 메키가 지금도 여전히 사람들을 치유한다는 건 확실히 알게 됐잖아." 발레마르가 말을 이었다.

"그 남자가 마실 물을 준다는 건 알게 됐지."

"아스게르, 그냥 운전이나 해."

말을 마친 그는 늘 그렇듯 혼수상태 비슷한 모습을 보였다. 그는 한참을 말없이 그렇게 가만히 앉아 있었고, 그동안 우리는 계속 남쪽으로 달렸다.

우리는 사막을 다르게 상상했던 터였다. 사하라 사구와 노란 모래는 전혀 볼 수 없었다—돌이 많고 바싹 메마른 갈색 지표면에 몇 군데 드문드문 보이는 무성한 덤불이 전부였다. 내비가 없다는 불만은 시간이 흐르면서 찌는 듯한 무더위에 에어컨이 없다는 불평으로 바뀌었다. 사실 나는 크게 괴롭지 않았지만, 말을 하기에는 너무 지친 발레마르가 물과 주스와 소금을 섞어 내가 특별 조제한 음료수만 주기적으로 빨고 있어서 불평은 내가 도맡아 했다. 덤불 색깔은 땅바닥 색깔과 똑같았다. 가물거리는 공기 속에서 모든 것이 춤을 추며 껑충껑충 뛰었다. 길가에는 쓰레기와 버려진 타이어가 쌓여 있었다. 이 사막은 깨끗하지 않았다, 지저분했다—멈추는 곳마다 똑같은 악취, 부패와 불타는 쓰레기와 햇빛에 내던져진 폐기물이 내뿜는 들큼한 악취가 스멀거렸다. 이빨을 드러낸 채 죽어 미라가 된 개, 사람과 동물의 말라붙은 배설물이 눈에 들어왔다. 옷을 무릎까지 들어올리고 쭈그려 앉아서 오줌을 누는 노인과 밧줄로 마구 맞는, 아직 살아 있는 개도 보였다. 사막에서부터 회오리바람이 가느다란 갈색 나뭇가지처럼 일었다. 안개 같은 모래폭풍이 생기 없는 세상으로 불어가고, 덤불들은 실제보다 삐죽 더 튀어나온 그림자를 길게 드리웠다. 건물과 주차장, 설사를 일으키는 콜라와 음식을 내놓는 카페가 길가에 드문드문 보였다. 검은 머리 여자가 문간으로 나와 화난 표정으로 우리를 노려보았다. 픽업트럭에 탄 몇 안 되는 남자들이 갈색 액체가 든 플라스틱병을 돌려 마시며 노래를 불렀다. 여기도 갈색, 저기도 갈색, 사방이 갈색이었다. 황갈색과 보라색도 있었다. 물처럼 보이는 빛도. 일직선을 긋는 일은 불가능했다. 모든 것이 서로 얽혔고, 지평선도 선명하게 알아볼 수 없었다. 모든 것이 빛에 잠겼고 걸쭉한 오트밀이 되어 흐릿해졌다.

우리는 이름이 기억나지 않는 어딘가에서 밤을 보냈다. 호텔 2층으로 올라가면서 발레마르르를 부축해야 했다. 우리는 곰팡내 나는 복도를 따라 걸었다. 객실 문에 붙은 번호가 거의 모두 떨어져나가 방을 잘못 찾았다. 그 안에는 몇백 킬로그램이 나갈 것 같은 여자가 긴 안락의자에 누워 허공을 노려보고 있었다. 허벅

지에 난 터키옥색 두드러기에 공기가 통하도록 치마를 걷어올린 채였다. 들쥐처럼 뾰족한 머리의 비루먹은 고양이 두 마리가 바닥에서 졸고, 천장에서는 선풍기가 돌아가고 있었다. 생담배가 재떨이에서 혼자 타고 있었다. 여자가 아직 살아 있다는 유일한 신호가 보였다—눈이 움직였다. 나는 문을 닫고, 우리 방을 찾아낸 다음 발레마르를 부축해 침대에 뉘었다. 그는 티셔츠를 벗어던지고는 휘파람 소리를 내며 힘겹게 숨쉬면서 곧장 잠들었다. 나는 화장지로 침대 시트에서 음모를 떼어내 변기에 버린 다음, 선풍기를 켜고 욕실 창문을 열었다. 발레마르가 땀에 흠뻑 젖어 있어서 수건을 세면대에 담갔다가 이마와 목에 올려놓았다—옷깃이 높이 올라온 에스키모 아노락을 입은 것처럼 보였다. 그가 눈을 떠 "좋다"라고 신음하듯 말하고는 정신을 잃었다.

나는 무너지듯 침대에 쓰러졌다. 숨을 쉬는 것이 김빠지고 상한 수프를 마시는 것과 같았다. 밖에서 당나귀가 목쉰 소리로 리드미컬하게 울었다. 바퀴벌레가 바닥을 더듬더듬 기어가다 확 움직이거나 가끔은 조심스럽게 멈춰 서기도 했다. 나는 바닥에 엎드려 바퀴벌레를 관찰하다가 점차 혼란스러운 잠에 빠져들었다. 달려드는 장면들에 나는 속수무책이었다. 순서도 엉망인 장면들이 제멋대로 머릿속에 출몰했다. 어느 순간에는 호콘이 사악한 마법사처럼 헤르닝 산꼭대기에 앉아 있고, 또 어느 순간에는 내가 재능을 갖추고도 실패한 모습으로 기획사에 앉아 있었다. 아말리와 함께 자전거에서 떨어졌다가 돌연 열 살 때로 돌아가기도 했다. 모든 것이 새롭고 아직 혼란스럽지 않으며 뭘 하기에도 늦지 않았던 시기. 한동안 그렇게 꿈은 계속되었다. 망쳐버린 내 인생 전체가 바로 그 순간, 바로 그 호텔 객실에서 악취나는 거대한 쓰레깃더미처럼 쌓였다.

모로코에 온 첫날 이미 작고 비열한 기생충이 내 배로 쳐들어와 숨어 있었다. 변비와 설사를 번갈아 일으키는 놈이었다. 지금은 설사 단계라 머릿속 혼란스러운 장면마다 물이 등장했다.

나는 침대에서 몸을 일으켜 로비를 지나갔다. 세 남자가 로비의 소형 텔레비전 앞에 앉아 축구 중계를 시청하느라 내게는 전혀 신경쓰지 않았다. 화면의 초록빛 잔디조차 기이하게 잘못 배치된 것처럼 보였다. 나는 폭스바겐에서 콜레라 예방 음료를 만들 재료를 꺼내고 차를 제대로 잠갔는지 세 번이나 확인한 후 다시 객실로 올라가, 소금과 과일주스와 물로 액체 생명줄 두 병을 만들었다. 한 병은 발레마르의 침대 옆에, 한 병은 내 침대 옆에 두었다. 발레마르는 잠꼬대로 토르비 엘 메키 이야기를 하고 자기 증상과 병을 줄줄이 늘어놓더니, 이번에는 불현듯 가족이 등장했는지 바나나는 부엌에 있다고 중얼거렸다.

다음날 발레마르는 코피를 흘리며 의식을 잃고 객실 바닥에 쓰러졌다. 그러나 오전 느지막이 차에 탔을 때는 지난 며칠 동안 한 번도 본 적 없을 만큼 쌩쌩한 모습이었다. 그런데도 차에 시동을 걸면서 나는 살인자라도 된 기분이 들었다.

우리는 하루종일 달렸고, 딱 한 번 에어컨이 있는 레스토랑에서 오래 쉬었다.

"스키라트에 가까워지고 있어." 내가 발레마르에게 말했다.

그는 고개를 끄덕였다.

해질녘 우리는 작은 마을 변두리에 멈춰 선 다음 다리를 좀 펴려고 차에서 내렸다. 지붕이 반쯤 무너져내린 빈집 한 채가 길가에 있었다. 합각머리에 걸린 간판에는 닭 한 마리가 그려져 있었다. 우리는 건물 뒤쪽 나지막한 언덕에 앉아, 태양이 모래로 떨어지는 모습을 지켜보았다.

"스텐토프테를 떠난 지 백년은 지난 느낌이야."

"최소한 천년은 된 것 같은데." 내가 대꾸했다.

개 한 마리가 터벅터벅 다가와 발레마르의 신발에 대고 코를 킁킁거렸다. 살이라고는 거의 없어서 갈비뼈와 등뼈가 툭 불거지고, 털가죽이 금방이라도 다발째로 떨어질 것 같았다. 불타는 붉은 공처럼 부풀어올랐던 태양이 드디어 사라지자 멀리서 안개 비슷한 증기가 사막으로 밀려왔다. 그 기이한 현상이 우리가 있는 곳까지 다다르겠다고 막 생각했을 때 증기는 다시 풀어지고, 모든 것이 마지막 황혼에 잠겨 예리하게 도드라져 보였다. 하나씩 하늘에 나타난 별들이 점점이 빛났다. 어두워지자 개는 더 대담해져서 발레마르의 신발을 갉았고, 내가 돌멩이를 집어든 뒤에야 멈추었다. 돌멩이를 들어올리자 개는 뒤로 물러나서 우리를 빤히 보았다.

"이거 괜찮은 속임수야. 돌멩이를 던질 필요도 없어. 그냥 손에 들고만 있으면 개들이 안 덤비거든." 내가 말했다.

첫번째 개와 똑같이 생긴 비쩍 마른 검은 개 세 마리가 우리 앞에 서서 으르렁거렸다.

"개들이 어디서 왔는지 봤어?" 나는 발레마르에게 물었다.

"흠. 사막에서 왔겠지. 저기 또 한 마리 온다." 발레마르가 어둠 속에서 몸을 드러내고 슬금슬금 다가오는 또다른 들개를 가리켰다.

"가자, 자동차로 돌아가는 게 낫겠어."

우리가 몸을 돌렸을 때 두 마리가 더 나타났다. 우리가 다가가자 개들은 이빨을 드러냈다.

"돌멩이 집어들어."

빙 돌아서 가려고 했지만 개들은 우리에게서 눈을 떼지 않은 채 머리를 숙여 길을 막고 날카롭고 누런 송곳니를 드러냈다. 다른 개들도 뒤에서 다가와 바짓단을 물려고 덤벼들며 짖었고, 그중 한 마리가 내 다리를 물었다. 바로 그 순간 발레마르가 고통이 가득한 욕설을 내뱉으며 발목을 문 개에게 돌을 던졌다.

나는 있는 힘을 다해 한 마리의 배를 걷어찼다. 개는 바닥에서 뒹굴더니 배를 드러내고 낑낑거리기 시작했다. 다른 개들이 물러난 틈에 우리는 서둘러 차로 갔다. 드디어 내가 주머니에서 열쇠를 꺼내 구멍에 꽂으려고 몸을 숙이는데 개떼의 공격이 다시 시작되었다. 한 마리가 차문으로 뛰어올라 나를 물려고 덤비는 통에 숨에서 풍기는 썩은 내가 느껴질 정도였다. 나는 그만 열쇠를 놓치고 말았다. 발레마르가 열쇠를 집으려고 몸을 숙이자 무리에서 한 마리가 떨어져나와 그의 목덜미에 달려들었다. 나는 곁눈으로 개의 어두운 그림자를 얼핏 보고 간신히 제때 옷깃을 잡고 발레마르를 끌어올렸는데, 그와 동시에 개의 주둥이가 또 다시 내 다리에 매달려 있다는 걸 깨달았다. 성가신 짐승이 이번에는 더 세게 깨물어서, 찌르는 듯한 아픔과 함께 이빨이 다리에 박혔다. 나는 비명을 질렀다. 개는 몇 걸음 물러나 적의를 품고 나를 노려보았다. 다른 개들도 따라 했다. 차 열쇠는 흥분해서 헐떡거리는 개의 앞발에서 50센티미터쯤 떨어진 곳에 있었다. 한쪽 눈이 없는 개였다.

"열쇠는 그냥 둬. 차 지붕으로 올라가자." 내가 말했다.

개떼가 다시 우리에게 덤벼들어 미친듯이 허공에서 이빨을 딱딱 마주치고 래커 칠한 자동차 표면을 앞발로 긁어댔다.

우리는 뒷걸음질로 앞유리를 넘어 차 지붕으로 올라갔다. 내 발에 밟혀 와이퍼가 부러졌다. 개들은 서로 뒤엉켜 사납게 껑충껑충 뛰어오르며 분노로 흥분해 짖어댔다.

발레마르가 다시 숨을 쉴 수 있을 때까지 한동안 우리가 가만히 앉아 있자 개들도 잠잠해졌다. 개떼는 우리를 올려다보다가 자리를 잡고 앉았다. 한 마리가 울부짖으며 따라 짖도록 자극해보려는 듯했지만 다른 개들은 들은 척도 하지 않았다. 하지만 우리가 움직이기만 하면 다 같이 으르렁거렸다.

"이런 일은 처음이야." 나는 그렇게 말하고 바지를 걷어올려 물린 상처를 살펴보았다. 오른다리에 이빨자국 두 개가 나 있고 종아리로 피가 흘러내렸다.

"안 좋아 보이네." 발레마르가 말했다.

"괜찮아질 거야. 넌 어때?"

발레마르도 바짓단을 걷어올렸다. 하얀 테니스 양말 발목에 핏자국이 보였다.

"양말 내려봐."

발레마르는 내 것과 비슷하게 생긴 물린 상처와 붉은 생채기 몇 군데를 보여주었다.

"상황이 훨씬 더 안 좋을 수도 있었어." 내가 말했다.

"그래…… 개들한테 던질 만한 게 있으면 좋겠는데!"

"늘 생각했었어. 무기를 갖추지 않고선 이 여행을 떠나선 안 된다고."

"개들이 저 아래 얼마나 앉아 있을까?"

"그건 정말 모르겠다."

발레마르는 그대로 드러누워버렸다. 나는 운전석 문 옆 먼지 구덩이에 놓인 열쇠꾸러미를 내려다보았다. 우리가 차 지붕으로 도망친 뒤로 도로를 지나가는 차는 한 대도 없었다. 거리는 마치 빗자루로 쓸어낸 듯이 기이하게 텅 비어 있었다. 게다가 주차장 제일 끝에 차를 세워서 길가의 집이 시야를 가렸기 때문에 지나가는 차들이 우리를 볼 확률도 낮았다. 나도 차 지붕에 팔다리를 쭉 펴고 누워 하늘을 올려다보았다.

"그러니까 저게 우리 은하구나." 내가 말했다.

"응. 이렇게 별이 총총하게 빛나는 밤하늘은 처음 보네."

"흠, 도시는 밤에도 너무 밝아서."

지금 생각하면 그때 별들은 알록달록했던 것 같다—연한 빨간색, 파란색, 보라색으로. 온 하늘에 별들의 띠가 베일처럼 걸려 있었다.

"으음, 여기 누워 있는 것보다 더 나쁜 상황도 있어. 안 그래?" 발레마르가 말했다.

"그렇지."

"피가 혈관을 도는 소리가 들릴 만큼 조용하네."

발레마르는 몸을 일으켜 앉더니 아래를 내려다보았다. 개들이 으르렁거렸다.

"아직도 있어." 그러고는 다시 등을 대고 누웠다.

"방금 별똥별 떨어졌다."

"아, 놓쳤네. 나는 늘 사막의 밤이 추울 거라고 생각했어."

"그래, 나도 그렇게 생각했지. 하지만 무척 편안한걸."

"어쩌면 지금 우리가 있는 곳은 진짜 사막이 아닐지도 몰라."

"흠, 내가 판단할 수 있는 한에서는 아주 사막 같아 보이는데."

"걔들의 사막이지."

"그러게 말이야. 우아, 또하나 떨어진다!"

"아름답다."

"별똥별을 보면 소원을 빌라는 말이 있어. 안 그래?"

"물론이야. 소원을 말해봐!"

"개떼를 쏘아죽일 총이 있으면 좋겠다."

"이런, 소원을 남들이 다 듣게 크게 말하면 안 되지!"

"그러면 이루어지지 않으려나?"

"그럼."

"우아!"

"별똥별은 틀림없이 또 떨어질 거야."

"맞아."

"총이 하늘에서 그냥 뚝 떨어질 줄 알았어?"

"몰라. 어쨌든 빌어볼 수는 있잖아."

"그거 상당히 경건한 소원 아니야?"

"일종의 시험용 소원이지. 밤새 여기서 한숨도 못 잘 게 확실하니까."

그렇게 우린 차 지붕에 누워 별을 보았다. 하늘에서는 달이 자기 궤도를 달렸고, 차 한 대가 도로를 지나갔다. 나는 차 지붕에서 일어나 팔을 흔들었지만 차는 멈추지 않았다. 잠시 후 또 한 대가 지나갔지만 결과는 마찬가지였다. 그러고 나서는 한 대도 오지 않았다. 개 두 마리가 싸움을 했다. 으르렁거림과 낑낑거림이 몇 분간 이어지다가 다시 조용해졌다. 발레마르는 코를 골았다. 나는 차 지붕 가장자리로 기어갔다. 도로 위 개들은 어두운 색 얼룩, 둘둘 말린 양탄자, 아니면 불행을 예고하는 다발처럼 보였다. 아직도 있는 거야? 나는 라디에이터 그릴로 기어내려갔다. 그러나 시험 삼아 한 발을 땅에 딛기가 무섭게 개들이 살아났다. 턱을 떡 벌려 이빨을 번쩍이고 눈을 번뜩이며 자동차로 펄쩍펄쩍 뛰어서 나는 급히 차 지붕으로 다시 물러났다. 요란하게 불붙었던 공격은 순식간에 숨어서 기다리는 감시로 변했다. 생명 없는 이 그림자 형체⋯⋯ 아니, 그건 분명히 개떼였다. 나는 스스로를 안심시키려고 애썼다.

사막 저 멀리서 한 줄기 빛이 나타났다. 처음에는 점점 더 부풀어오르는 안개 같았지만 나중에 보니 자동차 전조등이 확실했다. 그것이 하늘을 환하게 밝혀서, 주변 몇 킬로미터까지 온통 빛에 잠겼다. 새까만 어둠 속에서 불빛은 아주 멀리까지 퍼져나갔다. 상향등을 켜고 달리는 차였다.

발레마르도 잠이 깨어 일어나 앉았다. 개들이 어둠 속에서 다시 나타나 허공을 향해 위협적으로 덤벼들었고, 으르렁거리고 낑낑거리며 모래를 파헤치기도 했다.

얼마 지나지 않아 불빛이 눈부시도록 강해져서 모든 것이 흑백에 잠겼다. 예리한 그림자가 시곗바늘처럼 움직였다. 원추형 불빛 안에 있는 것 말고는 모든 것이 흐릿해졌다. 차가운 빛으로 이루어진 무색의 공간이 생겨났다. 별들은 이제 보이지 않았다. 별들아, 도대체 어디 있니? 날카로운 빛아, 우리에게서 뭘 원하는 거냐? 차갑게 번쩍이지 마! 어둠아, 뭘 숨기고 있는 거냐? 대답해, 그렇게 입다물고 끝없이 검은색으로 있지 말고!

그러나 사방은 고요하기만 했다. 정적 속에서 오래된 타르 포장도로를 달리는 타이어의 소음만 커졌다. 차가 주차장으로 꺾어들어, 우리는 전조등을 똑바로 마주하게 되었다. 전조등 밝기가 줄어들고 상향등이 꺼졌다. 운전석에 검은 그림자가 앉아 있었다.

나는 내내 아주 솔직해지려고 애썼으니, 그 순간 엄청 두려웠다는 것도 고백한다. 핸들 뒤 검은 그림자를 보자 온몸의 털이 곤두서고 몸이 얼음처럼 차가워졌다. 발레마르는 공포의 눈금에서 한 걸음 더 나아갔다—불안만 느낀 게 아니라 경악해서 제정신이 아니었다. 그에게서는 시간감각이 모두 사라져, 구원이나 도주의 개념은 떠올리지도 못한 채 전율을 일으키는 형체를 마비된 듯 노려보는 끔찍한 현재만 존재했다. 운전석에 앉은 형체여, 이 불모의 사막에 있는 우리에게서 뭘 원하는가? 왜 지금, 이 밤에 여기로 왔나? 우리가 뭘 했다고? 이제 떠나라, 나는 죽고 싶지 않다!

빛이 사라지고 모터도 꺼졌다. 우리는 꼼짝하지 않고 차 지붕에 앉아 있었다. 다시 정적이 찾아들자 그자는 아우디에서 내려 우리 폭스바겐 주위를 빙 돌더니 밤공기를 들이마셨다. 그러고는 차바퀴 하나를 걷어차고 우리를 올려다보며 목쉰 소리로 싸늘하게 웃었고, 그러는 사이 개떼는 기어서 사막으로 돌아갔다. 그자는 빠른 걸음으로 자동차로 돌아가 시동을 걸었다. 전조등이 다시 켜지고 눈부신 하얀빛에 모든 것이 잠겼다. 자갈길에서 버스럭거리며 차를 돌리는 소리가 들려왔다. 사라졌던 우리의 시력도 사막의 강력한 어둠 속에서 돌아왔다.

우리는 다음날 찌는 듯한 정오에 스키라트에 도착했다—제멋대로 흩어져 있는 듯한 하얀 집 몇 채와 아스팔트가 깔린 주도로 하나, 진흙 샛길 여러 개가 있는 곳이었다.

우리는 노점 비슷한 곳—벽에 구멍을 내고 그 위로 차양을 비스듬히 드리운—옆에 멈춰 서서 콜라를 두 개 사고 "토르비 엘 메키?"라고 물었다. 판매인은 길을 알려주며 똑바로 가야 한다고, 그는 변두리에 사는데 쉽게 찾을 거라고 했다.

집들이 드문드문해졌다. 도로에서 몇백 미터 떨어진 곳에 집 한 채가 있었다. 타르 포장도로 위쪽으로 진흙길이 연결되어 있고 그 길가에 차들이 서 있었다. 우리도 차를 대고 마지막 몇 미터는 걸어갔다. 그 부지에는 지붕이 편평한 낮은 건물이 몇 채 있고 벽에는 폐기물 잡동사니가 쌓여 있었다. 멀리 사막 모래에 막대기들이 솟아 있었다. 공동묘지인 듯 보였다. 해는 중천에 떠 있고 사방 어디에도 그늘이라고는 없었다. 도마뱀 한 마리가 길을 재빠르게 건너 덤불 아래로 사라졌다. 집안에서 종이 울리고 어두운 문간에서 한 여자가 나왔다. 얼굴 반쪽이 반죽 같은 종양에 뒤덮여 있었는데, 쓰고 있는 머릿수건 크기로 보아 종양이 머리까지 넓게 이어지는 듯했다. 철사 같은 털이 종양에 파리 다리처럼 나 있었다. 여자는 손에 물병을 들고 있었다. 밖에 있던 가족들이 그녀를 맞았다.

집 앞의 순례자들은 양산이 세워진 판매대 앞에 길게 줄을 서 있었다. 첫번째 순례자가 의식을 치르듯 비장한 모습으로 집안으로 들어갔다.

사막의 막대기들은 묘지가 아니었다. 바로 수많은 목발이었다. 땅에 비스듬히 꽂힌 목발들이 가느다란 그림자를 드리웠다. 플라스틱 팔 받침과 손잡이가 달린 현대식 알루미늄 목발, 겨드랑이를 받치는 가로대가 달린 나무 목발, 손잡이가 휜 작은 나무 막대기, 나무 또는 상아 손잡이가 있는 검은색의 귀여운 지팡이. 상당수가 다른 대안이 없어서 사용한 나무막대기인 듯했다. 폐기물 잡동사니라고 생각했던 것은 낡은 휠체어 더미였다. 살짝 따로 떨어져 있는 하나는 이미 백년은 된 것인 듯 보였다. 흐늘

흐늘한 타이어는 바퀴테에서 빠져나와 두 개의 고리처럼 먼지를 뒤집어쓰고 있었다. 좌석에는 살굿빛 칠이 비늘처럼 벗겨져 목재가 그대로 드러난 의족이 있었다.

우리도 늘어선 줄 끝에 가서 섰다. 다시 한번 종이 울리자 다음 사람이 집안으로 들어갔다. 우리 앞에는 동양인 부부가 서 있었는데, 남자가 우산을 들어 여자에게 햇빛을 가려주고 있었다. 얼마나 감동적이고 배려 깊은 행동인지! 다시 한번 종이 울리자 늘어선 줄이 움직이기 시작했다. 얼마 지나지 않아 우리도 차양 그늘 안쪽으로 들어섰다. 나는 휠체어에 앉아 졸고 있는 발레마르를 흔들어 깨웠다. 판매대의 남자는 치유를 찾아온 사람들에게 병에 든 물을 팔았다. 한 순례자가 물병을 들고 나오자 갓난아기를 안은 여자가 안으로 들어갔다. 아기는 우리가 줄서 있는 내내 전혀 소리를 내지 않았었다. 이제 동양인 부부 차례였다. 둘은 문 쪽으로 돌아섰다. 여자가 남자의 팔에 기댔다. 두 사람은 집안으로 들어서기 전에 잠깐 망설였다. 차양 아래 있던 남자—우리가 토르비 엘 메키를 만나기 전 마지막으로 본 사람—가 우리에게 샘물을 팔았다.

종이 울리자 현기증이 났다. 시간 내에 도저히 끝낼 수 없는 기분 나쁜 시험을 앞둔 느낌이었다—아니, 그보다 더 안 좋았다. 사형을 기다리는 기분이었다. 하마터면 구토를 할 뻔했다.

나는 물병을 무릎에 올려놓은 발레마르를 비틀거리며 뒤따라갔다. 그러다가 아주 잠깐 시력을 잃었다. 주변의 모든 것이 뿌옇게 흐려지고, 누가 내 횡격막에 주먹질을 해서 갈비뼈 바로 아래를 얻어맞은 것 같았다. 둔탁한 통증에 몸이 구부러졌다. 다시 시야가 맑아졌을 때는 문 앞에서 나를 기다리는 발레마르만 보였다. 번쩍이는 빛과 끓어오르는 구역질, 식은땀 때문에 구제할 길 없는 혼란에 빠진 나는 통증을 느끼는 몸을 질질 끌고 발레마르에게 갔다. 우리 둘은 함께 집안으로 들어섰다.

나는 눈을 뜨려고 애썼지만 제대로 되지 않았다. 그러다가 어느 순간 그가, 치유자가 불현듯 보여서 내가 내내 눈을 뜨고 있었다는 걸 서서히 깨달았다. 도저히 꿰뚫을 수 없는 어둠이 눈에 익은 뒤에야 형체가 나타난 것이다.

토르비 엘 메키는 거인이었다. 그는 방 한가운데 양탄자를 깔고 앉아 시선을 아래로 향한 채 생각에 잠긴 손짓으로 대머리를 쓸었다. 그곳은 몹시 어두워서, 사람들이 사방 구석에서 우리를 지켜봐도 모를 것만 같았다. 그가 앉아 있는 자리에만 빛이 비쳤다. 그는 발레마르를 보더니 자리에서 일어나 물병을 받아들고 다시 앉았다. 그때까지는 완벽한 정적뿐이었는데 이제 물병 위로 몸을 숙인 그가 아랍어로 뭔가를 읊었다. 억누를 수 없는 분노가 내 안에서 끓어올라 다른 모든 감정을 몰아냈다. 그를 걷어차버리고 싶었다. 그가 다시 몸을 일으켜 발레마르에게 고개를 끄덕이고는 물병을 건네고 종에 다가갔다. 어둠 속에서 종이 반짝 빛났다. 종이 울리자 우리는 집을 나왔다.

우리는 폭스바겐으로 돌아갔다. 물병은 다시 발레마르의 무릎에 놓였다. 동양인 부부는 시동을 건 채 차에 앉아 있었다. 여자는 남자가 지켜보는 가운데 물을 마시고 마개를 닫았다. 남자는 양손을 핸들에 올려놓고 있었다. 여자가 바라보자 남자는 울기 시작했다.

차에 시동을 걸고 타르 도로로 꺾어들어갔을 때 나는 원래 스키라트로 가야 했지만 반대 방향인 남쪽으로 향했다. 발레마르는 빌어먹을 그 물을 여전히 무릎에 올려놓은 채 사막의 연필처럼 가느다란 먼지기둥이 춤추는 모습을 지켜보았다. 나는 그날 치유자를 만난 후로 쭉 입을 다물고 있었다. 무슨 말을 해야 할지 알 수 없었다. 천천히 운전했다. 화물차가 우리를 추월하면서 돌멩이가 앞유리에 날아들었다—나지막하게 쿵 소리가 나더니 앞유리에 별 모양이 생겼다. 우리는 아무 반응도 하지 않았다. 서쪽에서 모래 구름 속으로 해가 내려와 모래를 밝은 오렌지색으로 물들였다. 사막 안으로 깊숙이 들어갈수록 덤불이 드문드문해졌다. 우리는 밤새 달렸다. 나는 깜박 졸다가, 차바퀴들이 갓길의 자갈을 파고들었을 때에야 깼다. 속도를 늦추고 차를 도로로 다시 돌린 다음 계속 달렸다. 발레마르는 여전히 아무 기척도 없었지만, 분명 잠든 것은 아닌 듯했다. 별이 총총한 하늘은 지평선까지 뻗어 있다가 날이 밝은 후 사라졌다. 우리는 여전히 침묵했다.

나는 다리를 펴려고 길가에 차를 세웠다. 그사이 해는 꼭 붙들려 있던 지평선에서 빠져나와 이미 사방을 따뜻하게 데우고 있었다. 이곳 사막은 쩍쩍 갈라진 바닥과 모래로만 이루어져 있었다. 발레마르도 차에서 내려 길가에 앉았다. 이렇게 이른 아침에는 아스팔트가 아직 찌는 듯이 뜨겁지 않았다. 도로 가장자리에 길고 넓은 발레마르의 그림자가 드리웠다. 그는 여전히 물병을 들고 있었다. "그 물, 점점 더 짜증난다." 내가 말했다.

"나도 그래." 그러고는 그가 마개를 돌려 조심스럽게 물병을 기울이자, 반짝이는 가느다란 물줄기가 바닥으로 쏟아졌다. 물줄기는 바닥에서 잠깐 길을 내며 가다가 사막 바닥으로 스며들었다. 땅이 너무 건조해서 물은 겨우겨우 흡수되었다. 물줄기에서 남은 것은 서쪽을 가리키는 어두운 선 하나뿐이었다.

나는 대각선으로 발레마르의 뒤쪽에 서서 물이 스며드는 모습을 바라보았다. 안도와 경악의 감정이 동시에 들었다. 물을 마신다는 것은 발레마르와 그의 병에 대한 조롱과도 같았고 온갖 굴욕의 정점일 터이므로 안도했다. 마셨더라면 나는 완전히 인내심을 잃었을 것이다.

경악을 느낀 이유는 그의 행동에 뭔가 운명적인 것이 있어서였다. 그의 행동을 통해 이게 마지막이라는 사실이 확고해졌다. 발레마르는 또다시 코피를 흘렸다. 가느다란 핏줄기가 입술의 부드러운 곡선을 지나 입가로 흘렀다. 불현듯 나는 물을 쏟아버린 게 끔찍한 실수였을지도 모른다는 절망에 사로잡혔다. 이따금 엄습해서, 사다리 아래를 지나가거나 거울을 깨는 것을 방해하는 모호한 감정이었다. 원칙적으로 깨진 거울은 깨진 거울일 뿐이고 사다리는 사다리에 불과하다는 사실을 안다 해도 말이다. 나는 소스라치게 놀라, 젖은 모래를 헤집어 남은 물을 조금이라도 찾고 싶은 충동을 억눌렀다. 갑자기 사방이 기이하게 일그러져 보였다. 모든 대상이 꼭 돋보기로 보는 것처럼 또렷하게 불룩 튀어나와 있었다. 발레마르의 손에 들려 있는 빈 물병이 별안간 선명하게 보였다. 몽유병에 걸린 것처럼 이 어스름한 영역 바깥의 깨어 있는 세상에서 누가 나를 부르는 소리를 듣는 느낌이었다. 아직은 그저 흐릿한 예감에 불과한 목소리였지만 그것은 내 감각을 깨뜨리고 내 안으로 들어오려고 숨어서 기다리고 있었다—여기가 모로코일 리 없어! 나는 뭔가 붙잡으려고 불타는 듯 뜨거운 폭스바겐 위에 손을 얹었다. 이 사막은 장례미사가 열리는 곳이었다. 모래와 태양으로 이루어진 장례미사. 나는 점점 더 뜨거워지는 허공을 노려보았다. 그러는 사이 주변 풍경의 붉은색이 점차 강렬해져서 아주 잠깐 지금 여기가 화성이라는 착각이 들었다. 그래, 바로 그랬다. 나는 화성에 있었다. 생물이 살지 않는 무음의 장소, 얼음상태의 물과 공기는 찾을 거라 기대할 수 있지만 그것 말고는 붉은 먼지로만 이루어진 곳. 모든 것이 붉었다—붉고 또 죽은 채였다. 해가 기계적으로 이동하며 급격히 솟아올랐다. 눈앞에 보이는 광경에 다시 생명이 돌아왔다. 붉은 액체가 모래에서 흘러나왔는데, 얼마 지나지 않아 그게 피라는 사실이 확실해졌다. 내 마음의 눈 앞에서 물줄기가 개천으로 불어나기까지 시간이 얼마나 흘렀는지 지금 와서는 말할 수 없다—홍수 때 볼 수 있듯이 쓰레기와 타이어들이 떠다니는, 질척거리는 진흙 개천이었다.

군인들이 도로를 따라 행군했다. 그들은 슬로모션처럼 움직였고, 공기와 벤진이 뒤섞여 춤추듯 가물거려서 또렷이 보이지 않았다. 적어도 그때 그 순간에는 후퇴하는 군대라고 생각했다. 가까이 와서야 군인들이 아니라 바르바리마카크들이라는 것을 알게 됐다. 잿빛 털이 먼지를 뒤집어쓰고 있었다. 내가 총검이라고 생각한 것은 맑은 액체가 담긴 통을 단 굴러가는 버팀대로, 통에서 나온 가느다란 관이 원숭이의 팔에 연결되어 있었다.

발레마르와 나는 원숭이들이 쥐죽은듯한 정적 속을 행진해 우리 앞을 지나가는 모습을 지켜보았다. 해는 이제 하늘 높이 떴고, 들끓는 햇빛에 아스팔트가 서서히 녹아내리는 중이었다.

"이제 어떡하지?" 내가 물었다. 완전히 맥이 빠지고, 고독했고, 물에 대해서 다시 말할 힘도 없었다. 그랬다, '물'이라는 단어를 꺼낼 수가 없었다.

"집에서 당신을 기다리는 게 있어?" 발레마르가 물었다.

"아니."

"그러면 우린 계속 남쪽으로 가도 되겠네."

"하지만 의미 없는 일이야."

"그 소리, 당신은 처음부터 했어."

나는 거대한 조리대처럼 우리 앞에 펼쳐진 평지 너머를 바라보았다. 주변은 온통 먼지 사막이었다. 그러다가 발레마르가 남아프리카에 환상적인 치유자가 있다더라고, 그에게 가서 마법을 건 콜라를 달라고 하자고 말했다.

우리는 마주보고 히죽 웃었다.

어떤 공포가 나를 움직여 발레마르의 가망 없는 아이디어에 동참하게 만들었는지는 지금도 모르겠다—어쨌든 그를 부축해 차에 태우고 운전을 계속했다. 나는 치유자의 실수가 마치 내 책임인 듯 심한 죄책감을 느꼈다. 그렇게 운전하는 동안 열기 때문에 여러 장면이 눈앞에 나타났다가 사라졌다. 오븐에 들어 있는 펄떡이는 심장과 히죽 웃는 원숭이가 보였는데, 원숭이 눈구멍에서 노란 앵무새들이 날아나왔다. 새들은 빛의 입자와 찌는 듯 뜨거운 모래로 이루어진 대양 위로 게양되는 죽음의 깃발처럼 하늘로 올라갔다. 핸들은 끝나지 않는 죽음의 전투를 치르는 것처럼 손 아래서 떨렸다. 나는 차를 몰고 또 몰았다. 발레마르는 다시 침묵에 잠겼다. 그늘을 드리우는 것은 어디에도 없었고, 나는 시간감각이라고는 죄다 잃어버렸다.

이 부분에서 기억의 틈이 생겼지만, 도로를 올려다보고 지금 지나는 사막이 우리가 상상하던 진짜라는 걸 깨달았던 일은 지금도 생각난다—지저분하고 먼지가 많고 덤불이 우거진 반쪽짜리 사막이 아니라 순 모래뿐인, 정말로 온전한 진짜 사막.

발레마르가 상당히 먼 거리를 걷는 모습을 본 것은 마르타의 장례식이 끝나고 휠체어가 고장났을 때가 마지막이었다. 이제 우리는 발을 세게 내디디며 도로 옆의 거대한 사구로 올라갔다. 그가 숨을 들이쉴 때마다 폐에 모래가 가득찬 것 같은 소리가 들렸다. 사구 꼭대기에 도착한 그는 흡족해했고, 다시 한번 숨을 들이쉰 후 이게 진짜 사막이라고 말했다. 우리는 자리에 앉아 서쪽을 바라보았다. 도로는 우리 뒤쪽에 있었다. 들끓듯이 뜨거운 모래밖에 보이지 않았지만, 멀리 어딘가에 있는 대서양이 산소를 만들어내고 있었다. 나는 우리가 그동안 서부 사하라에 도착한 건지 자문해보았다. 여기가 어디인지, 스키라트를 떠난 뒤로 얼마나 왔는지 알 수 없었다. 치유자를 방문한 후로 나는 잠을 자지 않았다. 우리가 어딘가에서 여권을 내보였던가? 국경을 통과한 적은 있나? 우리가 여전히 아프리카에 있다는 것, 그리고 발레마르가 아직 살아 있다는 건 확실하게 알았다—그랬다, 우리는 아프리카에 있었고 여전히 숨이 붙어 있는 발레마르는 모래에 자기 이름을 썼다!

우리는 신발과 양말을 벗고 알갱이 같은 뭔가에 발을 묻었다. 지표는 들끓는 듯 뜨거웠지만 그 아래쪽 모래는 제법 시원했다. 완벽하게 바짝 마른 대양이 우리 앞에 펼쳐져 있었고, 바람이 모래 알갱이들을 물마루에서 물마루로 옮겼다. 우리 행성이 텅 빈 공간으로 추락하는 소리인 듯 먹먹한 울림이 들렸다.

사방을 둘러봐도 동물이나 식물은 없고 모래와 태양뿐이었다. 가물거리는 열기 속에서 우리의 친구가 되어주는 생명체는 사막모기 한 마리가 유일했다. 소리를 전혀 내지 않는 낯선 종류였는데, 보통 보던 모기보다 더 어두운색이었고 더 연약했다. 모기가 물자 짧고 강렬한 통증이 일었고, 그 통증은 몇 주 동안이나 완전히 가시지 않았다. 모래와 바람이 풍경을 만들었다. 사구들의 한쪽은 경사가 급하게 뚝 떨어지고 다른 한쪽은 부드럽게 휘어져 있었다. 오목한 부분과 볼록한 부분, 움푹한 요지凹地와 사구 꼭대기, 수많은 종류의 모래—주름이 잡히거나 파도 모양이거나 편평한—가 놀이를 벌였다. 딱딱한 지표 아래의 부드러운 모래와 사구 꼭대기에서 물보다 가볍게 흘러가던 모래는 사람을 가라앉힐 것처럼 질척해졌다. 바람은 모래와 계속 장난치며 높이 쌓거나 알갱이 크기에 따라 분류하거나 마음대로 형태를 만들어 올렸다. 시간은 바람의 편이었다. 그러는 동안 태양은 거의 소리가 들릴 것처럼 거세게 모래를 때렸다. 태양은 기름이든 음식이든 액체든 가리지 않고 모든 것을 태워 없앴다. 사막은 거대한 태양의 욕조이자, 빛과 치명적인 열기로 이루어진 거대한 야외 놀이터, 거리 측정을 불가능하게 만드는 거울의 방이었다. 시간감각은 모두 사라지고, 살살 다가와 죽음으로 끝나는 가뭄이 유일한 메트로놈이었다.

딱정벌레 한 마리가 모래에서 기어나와 바람을 향해 버티고 섰다. "저것 좀 봐!" 나는 옆에서 불쑥 선인장이 솟아나기라도 한 것처럼 깜짝 놀라 목소리를 높였다. 딱정벌레는 모래에 배를 태우기 싫다는 듯 몸 뒷부분을 위로 뻗은 채였다. 다리 여섯 개가 모스부호 같은 틱, 틱, 틱 소리를 내며 파내려가기의 교향악을 모래에 남겼고, 짙은 색 껍데기는 광택이 없었다. 딱정벌레의

과묵함은 의미심장한 꿈에서 서서히 깨어나듯 단호한 동시에 주저하는 것처럼 보이는 다리의 움직임 덕분에 더욱 강조되었다. 딱정벌레에게는 모래로 이루어진 단 하나의 현실밖에 없었다. 딱정벌레가 눈앞에서 거대한 크기로 변할 때까지 우리는 오랫동안 노려보았다.

우리는 계속 달렸다. 저멀리 등대처럼 하늘로 우뚝 솟은 검은 연기 기둥을 향해 나는 몇 시간이나 운전했다. 가까이 가자 주유소가 보였다. 빛바랜 푸른색 가운을 입은 남자가 타이어 더미를 태우고 있었다. 불이 더 잘 붙게 하느라 타이어 여기저기를 쇠파이프로 쿡쿡 쑤셨다. 뜨거운 열기 속에서 불길은 보이지 않았지만, 허공으로 치솟는 새까만 기둥 같은 진한 연기는 충분히 알아볼 수 있었다. 우리가 바라보자 남자는 고개를 돌렸다. 기름을 가득 채우고 돈을 내는 동안 그 직원과는 한마디도 나누지 않았다. 도대체 그에게 입이 있었는지도 모르겠다. 그는 머리부터 발끝까지 매듭 같은 흉터 조직으로 뒤덮인 것 같았다. 얼굴에 파리가 기어다녀도 모르는 눈치였다.

다시 차에 오른 뒤 나는 객쩍은 수다를 떨기 시작했다. 연기 기둥은 모호한 위협처럼 한동안 백미러에 비쳤다. 발레마르는 거의 말이 없었다. 가족에 대해 묻는 내게 직접적인 대답은 피한 채 횡설수설했다. 그러다가 지금 여기가 어디냐며 자긴 도무지 모르겠다고 했다. 나는 두렵고 걱정스러웠다. 모래가 도로 건너편은 더 있을 만한 곳이라는 듯, 거무스름하고 구멍 많은 아스팔트 위를 지나 그쪽으로 쓸려갔다. 테플론 프라이팬에서 녹고 있는 설탕의 이미지가 나도 모르게 눈앞에 나타났다. 피로는 기이한 연상을 불러일으켰다. 백미러로 보이는 불타는 타이어는 몸을 말고 서로 잡아먹으려는 뱀장어들로 변했다. 그러다가 깜박 잠이 들었는지, 발레마르의 기침 소리에 정신이 번쩍 들었다. 그는 햇볕에 그을렸는데도 기이하게 창백해서 낯빛이 초록색에 가까웠다. 몇 번째인지도 모르는 일몰이 다가왔다. 기운을 빼는 햇빛이 머리에 내리쬐지 않자 다시 좀더 맑은 정신으로 생각할 수 있었다. 내 생각의 정확성이 밤의 서늘함과 연관이라도 있는 것 같았다. 그 결과 속도를 늦추고 방향을 돌려 다시 북쪽으로 달리기 시작했다—발레마르가 이곳 사막에서 죽을지도 모른다는 공포에 휩싸여서. 그런 일이 벌어진다면 범죄나 마찬가지라고 생각했다. 발레마르는 가족에게 돌아가야 했다. 나는 액셀을 밟으며 최대한 속도를 냈지만, 어느 순간 집으로 돌아갈 시간이 충분하지 않다는 막연한 예감이 엄습했다. 그랬다, 책임질 만한 누군가에게 발레마르를 넘겨줄 수 있는 제일 가까운 도시까지도 가지 못할 터였다. 나는 다시 한번 방향을 돌렸다. 이 사막은 도대체 언제 끝날까? 분명 도시가 나타날 테니 그냥 계속 가는 게 최선이겠지. 문득 우리가 한참이나 아무것도 마시지 않았다는 생각이 들었다. 길가에 차를 세우고 내려, 콜레라 예방 음료를 만들려고 트렁크로 갔다. 음료수병을 건네자 발레마르는 양손으로 쥐더니 무릎에 내려놓았다. 나는 그가 병을 입술에 댈 수 있게 도와주었다. 대부분은 옆으로 흘러내렸다. 그는 다시 기침을 했다. 맑고 끈적끈적한 침이 글러브박스 덮개에 튀었다. 나는 이런 끔찍한 상황으로 몰고 와서, 이런 악몽에 빠지게 해서 미안하다고 사과하고 그에게 물을 좀더 먹이려고 애썼다. 발레마르가 뭐라고 했지만 잘 알아들을 수가 없었는데 '엄마'라는 말이 들리자 이상하게 울음이 터져나왔다. 시동을 걸고 급하게 전진, 후진, 다시 전진해 차를 돌리다가 앞바퀴 두 개가 모래에 파묻혀 쇳소리를 내며 헛돌았다. 그러는 동안 내가 온갖 실수를 저지르는 통에 바퀴는 점점 더 깊이 빠지다가 드디어 제대로 작동해 도로로 다시 올라올 수 있었다. 나는 황홀경에 젖어 "해냈다!"라고 외쳤지만 그런 기분도 잠시뿐이었다. 찌르고 갉아먹는 듯한 불안이 다시 나를 움켜쥐었으니까. 나는 우리가 얼마나 오랫동안 이동

했는지, 스키라트를 떠난 뒤로 며칠이나 지났는지 기억해내려고 애썼다. 감정의 대혼란은 토르비 엘 메키와 덴마크를 향한 엄청난 증오로 응축되었다. 억누를 길이 없어 나는 마구 고함을 지르고 욕설을 내뱉었다.

"이제 주둥이 좀 닥쳐." 발레마르가 중얼거렸다.

아, 정말 다행이다! 그가 드디어 뭔가 이성적인 말을 한다는 게 얼마나 기쁘던지. 마지막으로 제대로 된 말을 한 게 언제였더라?

"널 다시 스키라트로 데려갈게. 정말이야. 이제 곧 다시 스키라트에 도착할 거야." 내가 다짐했지만, 그 말에 그는 공황상태에 빠졌는지 계속 "안 돼, 안 돼, 안 돼!"라며 흐느꼈다. 내가 계속 고집을 부리자 그는 안전벨트를 푼 뒤 문을 열고 내리려고 했다. 나는 겨우 발레마르의 티셔츠를 붙잡고 브레이크를 밟으며 문을 닫았지만, 차가 다시 출발하자 그가 핸들을 움켜쥐는 바람에 다시 급브레이크를 밟아야 했다. 한사코 돌아가지 않으려고 하는 게 시종일관한 그의 의지였는지 아니면 고집이었는지는 나도 모르겠다. 치유자를 방문했을 때 느꼈던 실패라는 감정에 또다시 직면하고 싶지 않았던 걸까? 하지만 정말 패배였을까? 이따금 그게 승리라고 생각될 때가 있다. 한 병의 물을 구하려고 지구 3분의 1을 횡단하고서—여행이 끝났을 때—쏟아버리는 것, 그것은 승리였다! 물을 모래에 쏟는 것, 그것이 발레마르에게는 이 모든 일의 의미였다. 어쩌면 이 여행은 그에게 우뚝 솟은 승리 그리고 비극이라는 두 가지 모두를 의미했을 것이다. 이제 다 끝났다는 걸 어차피 예감했으므로 방향 전환이라는 마지막 약점을 보이고 싶지 않았을 수도 있다. 그의 결정이 치밀하게 심사숙고된 것인지 나는 모르겠다. 반항한 뒤 그는 다시 혼수상태와 비슷한 지경에 빠졌다. 어쩌면 그의 질병 가운데 하나가 뇌를 공격했을지도 모른다. 그런 경우라면 내가 한 행동에 책임을 물을 수는 없다—또 그의 오감이 모두 작동했다고 하더라도 내가 책임질 일은 없었을 것이다—나는 차를 돌려 다시 남쪽으로 향했다. 그러면서 이게 제일 가까운 병원으로 가는 가장 빠른 방법이라고 스스로를 설득했지만, 햇볕에 그을린 내 뇌의 제일 뒤쪽에는 지극히 또렷한 확신이 자리잡고 있었다—우리 앞에 있는 도로는 뫼비우스의 띠가 되었다는 것, 이날 밤 우리는 검은 아스팔트로 이루어진 끝없는 띠에 갇혀 있고 우리 말고는 아무것도 존재하지 않는다는 것. 이 느낌이 한동안 지속되다가 새로운 생각이, 경악스러운 새로운 시나리오가 엄습했다. 밤은 우리 앞에서 한껏 늘어나, 기분 나쁜 사소한 상상들까지 모두 마음껏 날개를 펼쳤다. 나는 발레마르의 숨소리에 귀기울였다. 나에게 실재하는 것은 발레마르의 숨소리와 운전뿐이었다. 이따금 그의 호흡이 멎었다가 색색거리는 소리와 함께 다시 시작됐다. 어느 순간 나는 그의 호흡이 액셀을 밟는 내 발의 힘과 연결되어 있다고, 계기판 숫자는 그의 내부장기 상태를 알려준다고 상상하게 되었다. 내 생각은 설명할 수 없는 인과관계와 연관 주위를 끊임없이 맴돌았다. 나는 발레마르에게 말을 걸었는데, 일단 시작하자 멈출 수 없었다. 입을 다물면 모든 것이 거꾸로 있다고, 우리가 지금 머리를 아래로 늘어뜨린 채 지구의 아래편을 따라 운전해가는 중이며, 위나 아래 같은 기준점이 더는 존재하지 않는다는 혼란스러운 상상을 하게 되었으므로 쉴새없이 떠들었다. 내 유년기에 대해 말하고 이런저런 일화를 최대한 흥을 돋우어 설명했으며 여자들 이야기를 내리훑었다. 뭔가 생각하거나 기억해내려고 한순간 말을 멈추자마자 모든 것이 또 거꾸로였고, 우리는 온통 새까만 암흑 속에 머리를 아래로 한 채 매달려 있었다. 그래서 나는 다시 방향을 잡기 위해 입술을 깨물고, 뺨을 때리고, 계속 떠들어야 했다. 발의 온도 차이를 느끼며 깨어 있으려고 한쪽 신발을 벗었고, 최고 세기로 올린 바람이 내 얼굴을 향하게 했으며, 유리창을 올렸다 내리기를 반복했고, 할말이 떨어지면 노래를 불렀다. 내가 어떻게든 깨어 있어서 우리가 계속 차를 타고 갈 수만 있다면 발레마르는 목숨을 부지할 테니까. 나는 그렇게 굳게 믿었다. 게임에 지고서는 이 선만 넘지 않으면 된다고, 넘었다가는 모든 게 끝장이라고 생각하는 어린아이처럼. 이따금 차를 멈추고 왼쪽 어둠 속 어딘가에 있는 바다로 뛰어들고 싶은 강렬한 욕구가 엄습했다. 쇄쇄 하는 파도 소리가 들려서, 우리는 지금 사막을 지나고 있다고 소리 높여 혼잣말을 해야 했다. 그러고는 노래하듯 말하기 시작했다. "'사막', '사'라고 말해, '막'이라고 말해, '사막'이라고 말해." 그렇게 사막을 달리다가, 또다시 차를 세운 다음 옷을 벗어던지고 알몸으로 바다에 뛰어들고 싶은 충동이 밀려왔다. 스칸디나비아 여름의 부드러운 파도 소리, 파도의 혀가 모래를 핥는 소리가 들려왔다. "사." 나는 우리가 탐험 여행에 나선 두 명의 보이스카우트인 듯 다시 목소리를 높이기 시작했다. "자, 어서. 발레마르, '사'라고 말해." ……그러나 발레마르는 말이 없었다. 내가 흔들자 그가 고개를 들어서 눈을 마주칠 수 있었다. 그의 눈길은 기이하게 희미했다. 현미경으로 눈보라를 보는 느낌이었다. 우리 등뒤에서 불현듯 검은색 아우디가 나타났다. 자동차 상향등이 사막에 후광 모양을 만들었다. 발레마르의 턱이 가슴으로 툭 떨어졌다. 안전벨트만이 그가 쓰러지지 않고 앉아 있도록 지탱해주었다. 검은색 아우디가 우리를 추월하더니 소리 없이 사라졌다. 그러나 후미등 불빛은 오랫동안 나를 노려보고 있었다.

나는 길가에 차를 세우고, 발레마르의 안전벨트를 푼 뒤 그를 품에 안았다. 그러면서 아마 흐느꼈던 것 같다. 지금은 그때 일이 더는 정확하게 기억나지 않는다. 그러나 그때가 밤이었다는 건 아직도 알고 있다. 발레마르의 입을 축여주려고 다시 한번 시도했지만 도로 흘러나오고 말았다. 그리고 그가 내 품에서 축 늘어졌다. 나는 시동을 걸려고 팔을 들어올릴 힘도 없었고, 어느 방향으로 가야 할지도 몰랐다. 완전히 방향을 잃었다. 내가 깨어 있는지 꿈을 꾸었는지, 마지막으로 뭔가 생각한 뒤 잠깐 시간이 흘렀는지 아니면 깜박 졸았는지 알 수 없었다. 얼마나 시간이 지났을까, 발레마르의 몸이 뻣뻣해졌다. 나는 그를 최대한 똑바로 좌석에 앉혔다. 두려움과 숙명론적인 기묘한 평안이 번갈아 느껴졌다. 내가 발레마르와 얘기를 했던가? 별이 보였다. 자동차 소리가 나는 것 같아 몇 번이나 흠칫 놀랐다. 그러다가 의식을 잃은 모양이었다.

나는 죽음과 화학약품 냄새를 풍기고 내가 모르는 언어로 사람들이 와글와글 떠드는 병원에서 의식을 되찾았다. 링거가 매달려 있었다. 옆 침대에는 부푼 배 때문에 가슴 아래 환자복이 젖혀져 부어오른 맨살이 다 드러난 노인이 누워 있었다. 나는 간호사를 불렀다. 여자 간병인이 들어와 조용히 하라는 시늉을 했다. 옆 침대 남자가 고개를 돌려 나를 봤다가 다시 창문을 바라보았다. 유리창에 눈부신 해가 비쳤다. 내게는 그저 눈을 아프게 하는 하얀빛만 보였다.

나중에 경찰서에서 경찰 두 명에게 심문을 받았다. 그곳에 도착했을 때는 아직 밝았는데, 심문받는 동안 어두워졌던 기억이

난다. 에어컨이 사무실 온도를 냉장고처럼 서늘하게 떨어뜨렸다. 드디어 풀려나서는 다시 거리로 나섰다. 노점 상인이 갈색 물이 담긴 아이스백에서 꺼내주는 콜라를 사서 계단에 앉아 마셨다. 꼴이 엉망이었다. 머리카락은 기름때가 끼고 꺼칠한 수염이 자라 가려웠다. 발레마르는 아직 병원에 있는 모양이었다. 경찰서에 가기 전 발레마르가 어디 있는지 물었을 때 의사는 바닥을 가리켰었다. 나는 다시 병원으로 향했다. 꼬박 하루를 기다리며 대기실 의자에서 잠을 잤고, 이따금 창구 직원에게 가서 물어보았다. 드디어 종이 한 장을 건네받았다. 사망확인서였다.

그 종이를 손에 쥐고서야 나는 현실로 돌아와 서서히 다시 뭔가 할 수 있을 것 같은 기분이 들었다. 덴마크 영사관을 찾아갔고, 그들이 발레마르의 가족에게 사실을 전했다. 나는 그의 가족과 직접 통화하지 못했다. 시도는 했지만 수화기를 손에 든 채 포기하고는 파르르 입술을 떨며 영사관 직원에게 수화기를 건넸다.

발레마르는 사망확인서와 함께 우리가 한동안 도망쳤던 세계, 관료주의라는 장애물과 돈 걱정으로 가득한 세계로 다시 끌려왔다. 죽은 뒤에는 살아 있을 때보다 더 움직이기 쉽다고 생각하기 마련이지만, 시신은 행동의 자유가 거의 없는 것이나 마찬가지다. 부패 때문에 더는 문화의 일부분이 아니니까. 유일하게 합당한 방법은 발레마르를 폭스바겐에 태우고 집에 가는 것이었지만 그는 이제 금기였다—죽은 자들은 폭스바겐을 타지 않는다. 발레마르는 인생의 대부분을 다른 이들에게 짐이 된다는 느낌으로 보냈는데, 이제 죽어서도 초지일관 뜻을 굽히지 않고 짐으로 남겠다고 고집을 부리는 것처럼 보였다. 모든 것을 무시하던 그는 마지못해 관과 장의사, 세관원과 서류들, 묘비와 합의했고 지독히도 반항하며 덴마크로 끌려왔다.

이제 기억들이 몰려오고, '시신 여권' 같은 일이 떠오른다! 발레마르가 화장되어 유골함에 담겼더라면 시신 여권이 필요 없었을 테지만, 관에 실려오려면 반드시 필요했다는 사실이 다시 생각난다. 가족이 그를 마지막으로 보고 싶어했고 관청이 부검을 계획하고 있었으므로 발레마르는 관에 실려 덴마크로 돌아와야 했다. 몬테카를로 카지노에서 따고 남은 돈은 아주 튼튼한 운송용 관과 운송비에 겨우 빠듯하게 맞았다.

모든 준비를 마친 저녁 나는 호텔 침대에 쓰러졌다. 바로 잠들었지만, 밤새 형식적인 관료주의와 죽음과 사막에 시달리는 악몽을 꾸느라 삼십 분에 한 번씩 깼다. 방향감각을 잃은 채 어둠을 노려보다가 몇 번은 이 모든 게 꿈이라고, 나는 아직 광고회사에서 일하며 사라가 내 옆에 누워 있다고 생각하기도 했다. 그러면 굉장한 안도감이 밀려와 몇 초 동안 지속되었지만, 의식이 불현듯 전력을 다해 돌아오면서 공포는 다시 정점에 달했다. 출발 전 나는 열쇠를 차에 그대로 꽂아두고 발레마르가 이송되는 비행기로 집에 함께 돌아왔다. 발레마르의 시신 여권과 일반 여권, 기타 서류들은 기내용 가방에 넣었다. 덴마크에서는 세관이 업무를 넘겨받았다. 경찰이 미리 대기하고 있다가 발레마르의 가족과는 만나지 못하게 했다.

부검 결과, 발레마르는 이른바 '자연사'했다는 사실이 밝혀졌다. 그는 어느 일요일 땅에 묻혔다. 나는 스텐토프테에서 열리는 장례식에 참석하지 않았다. 남부 항구 지역에 있는 내 집에서, 정적을 견디지 않아도 되게 텔레비전을 켜고 그 앞에 앉아 있었다. 뉴스를 봤다. 헤르닝의 산은 거의 완공됐다. 아직은 화강암과 흙덩어리처럼 보이지만 이제 곧 그곳에서 초록 식물들이 솟아날 터였다. 호콘이 화면에 나오자 텔레비전을 끄고, 마지막 남은 돈을 저녁식사에 써버리기로 했다. 집에서는 도저히 견딜 수 없었다.

시내의 호화로운 레스토랑으로 결정했다. 종업원이 이런저런 메뉴를 추천했지만, 난 자주 그렇듯이 반쯤 귀를 닫고 있었다. 고기에 포크를 찔러넣어 한입 잘라 입으로 가져가는데, 발레마르가 메뉴판에 있는 느낌이었다.

DØDEN KØRER AUDI

지은이 **크리스티안 방 포스**
1977년 덴마크에서 태어났다. 십대 시절 카프카를 읽으면서 글쓰기를 꿈꾸었고, 2003년 덴마크 작가 아카데미를 졸업했다. 2004년 첫 소설 『물고기의 창문』을 발표했고, 2008년 『99의 폭풍』을, 2019년 『프랭크 리턴즈 홈』을 출간했다. 『죽음은 아우디를 타고 온다』로 2013년 유럽연합문학상을 수상했다.

옮긴이 **전은경**
한양대 사학과를 졸업하고 독일 튀빙겐대학교에서 고대 역사와 고전문헌학을 공부했다. 출판 편집자를 거쳐 현재 독일어 전문 번역가로 활동중이다. 옮긴 책으로 그래픽노블 『꿈꾸는 책들의 도시』 『꿈꾸는 책들의 미로』 『엔젤과 크레테』 『리스본행 야간열차』 『이탈리아 구두』 『나는 시간이 아주 많은 어른이 되고 싶었다』 등이 있다.

문학동네 세계문학
죽음은 아우디를 타고 온다

초판 인쇄 2020년 9월 29일 | 초판 발행 2020년 10월 20일

지은이 크리스티안 방 포스 | 옮긴이 전은경 | 펴낸이 염현숙
책임편집 황문정 | 편집 김지연
디자인 최윤미 이원경 | 저작권 한문숙 김지영 이영은
마케팅 정민호 정진아 함유지 김혜연 김수현 | 홍보 김희숙 김상만 지문희 김현지
제작 강신은 김동욱 임현식 | 제작처 한영문화사(인쇄) 경일제책사(제본)

펴낸곳 (주)문학동네
출판등록 1993년 10월 22일 제406-2003-000045호
주소 10881 경기도 파주시 회동길 210
전자우편 editor@munhak.com | 대표전화 031) 955-8888 | 팩스 031) 955-8855
문의전화 031) 955-8896(마케팅) 031) 955-2659(편집)
문학동네카페 http://cafe.naver.com/mhdn | 트위터 @munhakdongne
북클럽문학동네 http://bookclubmunhak.com

ISBN 978-89-546-7515-4 03850

잘못된 책은 구입하신 서점에서 교환해드립니다.
기타 교환 문의 031) 955-2661, 3580

www.munhak.com